UMA CASA DE BONECAS

UMA CASA DE BONECAS

Henrik Ibsen

Traduzido por
Leonardo Pinto Silva

Copyright © Henrik Ibsen, 2024
© Moinhos, 2024.

Edição Nathan Matos
Assistente Editorial Aline Teixeira
Revisão Nathan Matos
Tradução Leonardo Pinto Silva
Diagramação Luís Otávio Ferreira
Capa Sérgio Ricardo

Dados Internacionais de Catalogação na Publicação (CIP) de acordo com ISBD

I14c Ibsen, Henrik
Uma casa de bonecas / Henrik Ibsen ; traduzido por Leonardo Pinto Silva. – 2. ed. - São Paulo : Editora Moinhos, 2024.
130 p. ; 14cm x 21cm.
ISBN: 978-65-5681-161-1
1. Teatro. 2. Peça. 3. Literatura norueguesa. I. Silva, Leonardo Pinto. II. Título.
2024-1299   CDD 792   CDU 792
Elaborado por Vagner Rodolfo da Silva - CRB-8/9410
Índice para catálogo sistemático:
1. Teatro 792
2. Teatro 792

Todos os direitos desta edição reservados à Editora Moinhos
www.editoramoinhos.com.br
contato@editoramoinhos.com.br
Facebook.com/EditoraMoinhos
Twitter.com/EditoraMoinhos
Instagram.com/EditoraMoinhos

Esta tradução foi publicada com o apoio financeiro de NORLA.

Personagens

HELMER,
bacharel em direito

NORA,
sua esposa

DOUTOR RANK

SRA. LINDE

ADVOGADO KROGSTAD

OS TRÊS FILHOS DE HELMER

ANNE-MARIE,
babá dos Helmers

HELENE,
criada no mesmo local

UM MENSAGEIRO

A ação corre na residência dos Helmers.

PRIMEIRO ATO

Uma sala de estar confortável e decorada com gosto, mas não opulenta. Uma porta, ao fundo, e, à direita, conduz à antecâmara; uma outra, ao fundo à esquerda, conduz ao gabinete de trabalho de Helmer. Entre ambas as portas, há um piano. No centro da parede, à esquerda, há uma porta e, mais além, uma janela. Junto à janela, há uma mesa redonda, com uma poltrona e um pequeno sofá. Na parede à direita, um pouco atrás, uma porta, e, na mesma parede, mais próximo ao fundo, uma lareira de porcelana, em volta da qual há duas poltronas e uma cadeira de balanço. Entre a lareira e a porta lateral, há uma mesinha. As paredes são decoradas com calcografias. Um aparador ornado com objetos de porcelana e pequenas obras de arte; uma pequena estante, com livros finamente encadernados. Tapetes sobre o assoalho; labaredas ardem na lareira. Dia de inverno.

Soa a sineta na antecâmara; pouco depois, ouve-se a porta sendo aberta. Nora surge satisfeita, cantarolando pela sala de estar; veste trajes de frio e traz uma pilha de pacotes, que deposita na mesa à direita. Deixa entreaberta a porta da antecâmara e pelo vão se avista, lá fora, um mensageiro portando um pinheiro de natal e um cesto, os quais entrega à criada, que se apressou a recebê-los.

NORA Trate de esconder bem a árvore de Natal, Helene. As crianças não devem vê-la até estar toda decorada hoje à noite. (*para o mensageiro; sacando o porta-moedas*) Quanto?

MENSAGEIRO Cinquenta centavos.

NORA Aqui tens uma coroa. Não, fique com o troco.

(*O Mensageiro agradece e se vai. Nora fecha a porta com um sorriso satisfeito nos lábios, enquanto se despe dos trajes de rua.*)

NORA (*tira do bolso um saco, de onde fisga dois macarons e os come; em seguida, vai pé ante pé e escuta rente à porta do gabinete do marido*) Sim, ele está em casa. (*vai cantarolando até a mesa à direita*)

HELMER (*dentro do gabinete*) É a minha cotovia quem gorjeia aí fora?

NORA (*terminando de abrir alguns dos pacotes*) Sim, é ela.

HELMER É o meu esquilo serelepe quem não para de bulir nas coisas?

NORA Sim!

HELMER E quando chegou o esquilinho a casa?

NORA Neste instante. (*enfia o saco de macarons no bolso e, rapidamente, esfrega a boca com a mão*) Venha aqui, Torvald, ver o que comprei.

HELMER Não perturbe! (*pouco tempo depois, abre a porta e espia com a pena na mão*) Comprou, você disse? Tudo isto? Minha passarinha saiu para gastar mais uma vez?

NORA   Sim, mas, Torvald, este ano podemos nos permitir um pouco mais. É o primeiro Natal que não precisaremos poupar.

HELMER Ora, você muito bem sabe que não podemos nos dar a esses luxos.

NORA   Um tantinho, é claro que podemos, Torvald. Não é? Uma migalha de nada. Você está prestes a receber um bom salário e ganhar muito, muito dinheiro.

HELMER Sim, a partir do ano que vem; mas lembre-se que faltam três meses ainda para o salário cair.

NORA   Pfff, podemos muito bem tomar algum emprestado até então.

HELMER Nora! (*chega-se até ela e lhe puxa carinhosamente a orelha*) É a minha cabecinha-de-vento de sempre. Imagine se eu tomasse emprestado mil coroas hoje para que gastasses na semana do Natal, e, na noite de Ano Novo, se me despencasse um tijolo na cabeça, e eu tombasse morto no chão...

NORA   (*tapa-lhe a boca com a mão*) Isso lá são coisas de pensar?

HELMER Imagine que algo assim sucedesse, e daí?

NORA   Se algo tão terrível sucedesse, tanto se me faria ter ou não ter dívida alguma.

HELMER Bem, mas e as gentes de quem eu tomaria emprestado o dinheiro?

NORA   Elas? Quem se incomoda com elas? Não passam de estranhos.

HELMER   Nora, Nora, és uma mulher e tanto! Não, mas agora a sério, Nora. Você sabe o que eu penso sobre este assunto. Nenhuma dívida! Empréstimos jamais! Uma casa cujos alicerces são dívidas e empréstimos jamais será bela nem tampouco livre. Nós dois logramos viver muito bem até aqui e assim seguiremos vivendo, com algum sacrifício, pelo pouco tempo que ainda será necessário.

NORA   (*indo em direção* à *lareira*) Sim, sim, como queiras, Torvald.

HELMER   (*vai atrás*) Muito bem, então. Agora, minha cotoviazinha, não precisa murchar suas penas. Não é? Não há por que meu esquilinho se encafuar. (*exibindo o porta-moedas*) Nora, que será que eu tenho aqui?

NORA   (*vira-se bruscamente*) Dinheiro!

HELMER   Olhe. (*entregando-lhe algumas cédulas*) Por Deus, sei muito bem que a casa pede um bocado mais de cuidados durante o Natal.

NORA   (*contando*) Dez, vinte, trinta, quarenta. Oh, obrigada, obrigada, Torvald. Isto me ajudará bastante.

HELMER   Sem dúvida.

NORA   Sim, e como me ajudará. Mas venha aqui, quero mostrar-lhe tudo o que comprei. Verdadeiras pechinchas! Veja aqui roupas novas para Ivar e um sabre. Aqui um cavalo e um trompete para Bob. Aqui uma boneca e sua caminha para Emmy; muito singelas, pois ela não tardará a destroçar tudo assim mesmo. E aqui uns vestidinhos e lenços para as criadas. A velha Anne-Marie bem está fazendo por merecer.

HELMER   E o que seria naquele pacote ali?

NORA	(*gritando*) Não, Torvald, este não poderás ver até cair a noite!
HELMER	Muito bem. Pois diga-me, então, minha pequena esbanjadora, o que pensou em comprar para si?
NORA	Oh, pfff. Para mim? Não sou de me importar com coisas.
HELMER	Claro que se importa. Diga-me algo razoável que deseja.
NORA	Não tenho a mais mínima ideia. Escute, Torvald...
HELMER	O quê?
NORA	(*dedilha-lhe os botões do casaco sem encará-lo*) Se quiseres mesmo me dar algo, então podias... você podia...
HELMER	Diga, mulher, desembuche.
NORA	(*deixando escapar*) Poderias dar-me dinheiro, Torvald. Somente a quantia que esteja ao teu alcance. E, então, um dia desses, poderei comprar algo.
HELMER	Não, mas, Nora...
NORA	Por favor, amado Torvald. Eu te peço tanto. Eu decoraria a árvore de Natal com esses dinheiros embalados em papel dourado. Não seria divertido?
HELMER	Como se diz de quem sempre gasta mais do que possui?
NORA	Esbanjadora, sim. Sei muito bem. Mas façamos como eu digo, Torvald. E assim terei tempo para refletir sobre o que mais me será útil. Não lhe parece sensato? Hein?

HELMER (*sorridente*) Sem dúvida, sensato é. Quero dizer, se de fato guardasse os dinheiros que lhe dou e comprasse algo para si com eles. Mas, como gasta tudo com a casa e com tantas coisas inúteis, tenho que pôr a mão no bolso novamente.

NORA Oh, mas Torvald...

HELMER Não se pode negar, minha Norazinha. (*abraça-a pela cintura*) Cotovias são pássaros lindos. Podem até aprender a cantar, mas a gastar dinheiro jamais aprenderão. É tremendamente custoso mantê-las.

NORA Oh, pfff, mas como pode dizer tal coisa? Eu poupo em quase tudo que posso.

HELMER (*rindo*) Isso lá é verdade. Em quase tudo que *podes*. Mas não podes nada.

NORA (*cantarolando e sorrindo satisfeita*) Hmm, ah, Torvald, se tu apenas soubesses os dispêndios que temos nós, cotovias e esquilos.

HELMER És uma criaturinha e tanto. Bem saiu ao teu pai. Sempre procurando um jeito de tirar dinheiro dos meus bolsos. Mas, assim que o tem nas mãos, ele lhe escorre por entre os dedos. Nunca sabes que destino lho deu. Agora, é preciso encarar-te como és. Está no sangue. Sim, sim, sim, essas coisas são herdadas, Nora.

NORA Ah, eu bem gostaria de ter herdado várias das qualidades de papai.

HELMER   E eu não desejaria que fosses outra que não esta pessoa que és, do jeito que és, minha doce cotoviazinha. Mas escute. Ocorreu-me uma coisa. Para mim, tu pareces tão... tão... como direi? ... tão irrequieta hoje...

NORA   Eu?

HELMER   Absolutamente. Olhe-me bem nos olhos.

NORA   (*olhando para ele*) O quê?

HELMER   (*apontando-lhe o dedo*) A senhora formiguinha acaso não saiu a passear na cidade hoje?

NORA   Não. Por que agora a pergunta?

HELMER   É certo que a formiguinha não quis dar uma rápida passada na confeitaria?

NORA   Posso lhe asseverar que não, Torvald...

HELMER   Nem para um bocadinho de doce?

NORA   Não, de forma alguma.

HELMER   Nem para uma mordiscada num *macaron* ou dois?

NORA   Não, Torvald, posso lhe afiançar com toda a certeza...

HELMER   Muito bem, muito bem, muito bem. Naturalmente, estou apenas sendo jocoso...

NORA   (*vai até a mesa à direita*) Não me ocorreria contrariá-lo.

HELMER   Não, disso sei muito bem. E, afinal, já me deu a sua palavra... (*voltando-se a ela*) Agora, guarde seus segredinhos de Natal para si mesma, minha abençoada Nora. Eles serão revelados antes de o dia raiar, quando alumiarmos a árvore de Natal, assim espero.

NORA   Ocorreu-lhe convidar o doutor Rank?

HELMER	Não. Mas não será necessário. É claro que ele virá cear conosco. Aliás, posso convidá-lo quando ele vier aqui pela manhã. Encomendei um bom vinho. Nora, não sabe como estou animado para esta noite.
NORA	Eu também. E as crianças mal caberão em si de contentamento, Torvald!
HELMER	Ah, só de pensar me enche o coração de alegrias. Ter um ordenado para prover tudo isto sem maiores preocupações. Não é verdade? Não lhe agrada pensar assim?
NORA	Oh, é maravilhoso!
HELMER	Lembra-se do Natal passado? Você trancou-se nos seus aposentos três semanas antes da data, e pôs-se a fazer enfeites para as árvores e outras maravilhas para nos surpreender. Oh, jamais vivi dias tão entediantes.
NORA	Não senti tédio algum.
HELMER	(*sorridente*) Pena que o resultado tenha sido tão sem graça, Nora.
NORA	Oh, não me venha mais aborrecer com essa conversa. Que culpa tenho eu se o gato entrou a casa e rasgou os enfeites todos?
HELMER	Claro que a minha pobrezinha não tem culpa. Nora, sua intenção era nos alegrar e isto é o que importa. O que importa é que os dias de penúria já passaram.
NORA	Sim, isso é realmente maravilhoso.
HELMER	Eu não careço mais de ficar aqui entediado. E, você, não carece mais de cansar seus abençoados olhos e arruinar suas delicadas mãozinhas...

NORA	(*estalando as mãos*) Não é verdade, Torvald, nada mais disso é preciso. Oh, como é bom ouvir! (*segura-o pelo braço*) Agora, deixe-me lhe dizer o que havia pensado de fazermos, Torvald. Assim que passar o Natal... (*soa a sineta na antecâmera*) Oh, está tocando. (*arrumando a sala*) Está chegando alguém. Que maçada.
HELMER	Para as visitas, eu não estou em casa. Lembre-se.
CRIADA	(*no vão da porta*) Senhora, eis aqui uma estranha...
NORA	Sim, faça-a entrar.
CRIADA	(*para Helmer*) E também já chegou o doutor.
HELMER	Foi direto ao meu gabinete?
CRIADA	Sim, senhor.

(*Helmer vai ao gabinete. A criada anuncia a senhora Linde, em trajes de viagem, que adentra a sala, e fecha a porta em seguida.*)

SRA. LINDE	(*em voz baixa e hesitante*) Bom dia, Nora.
NORA	(*insegura*) Bom dia...
SRA. LINDE	Não está me reconhecendo, pelo visto.
NORA	Não. Não sei... Claro que sim, acho eu... (*interrompendo-se*) O quê! Kristine! É mesmo você?
SRA. LINDE	Sim, sou eu.
NORA	Kristine! Como não a reconheci! Mas como poderia...? (*mais baixo*) Como está mudada, Kristine!
SRA. LINDE	Sim, é verdade. Passaram nove ou dez longos anos...

NORA Faz tanto tempo que não nos víamos? Sim, é verdade. Oh, os últimos oito anos foram de bonança, pode crer. E agora está de volta à cidade? Uma viagem tão longa em pleno inverno. Quanta coragem de sua parte.

SRA. LINDE Vim no vapor desta manhã.

NORA Para festejar o Natal, evidentemente. Oh, que delícia! Celebrar e festejar, é o que vamos. Mas dê-me cá seu casaco. Não está com frio, não é? (*ajudando-a*) Venha, vamos ficar mais à vontade junto à lareira. Não, sente-se ali na poltrona! Quero sentar-me na cadeira de balanço (*segurando-a pelas mãos*) Muito bem, agora consigo enxergar aquele antigo rosto. Foi só no primeiro instante... Está um pouco mais pálida, Kristine... E talvez um pouco mais magra.

SRA. LINDE E muito, muito mais envelhecida, Nora.

NORA Sim, talvez um pouco mais velha. Um pouco, apenas. Nada demasiado. (*detém-se de repente, séria*) Oh, mas que pessoa mais insensata, que se abanca aqui e desata a falar! Querida e abençoada Kristina, perdoe-me.

SRA. LINDE O que quer dizer, Nora?

NORA (*à meia-voz*) Pobre Kristina, você enviuvou.

SRA. LINDE Sim, faz três anos.

NORA Oh, eu soube. Li nos jornais. Oh, Kristine, creia-me, pensei muito em lhe escrever naquele tempo, mas sempre adiava e resulta que acabei nunca escrevendo.

SRA. LINDE Querida Nora, compreendo muito bem.

NORA Que rude da minha parte, Kristine. Oh, pobre coitada, quanta privação não deve ter suportado. E ele não lhe deixou algo que lhe sirva de arrimo?

SRA. LINDE Não.

NORA Nem filhos?

SRA. LINDE Não.

NORA Quer dizer, nada mesmo?

SRA. LINDE Nem mesmo mágoa ou memória que valha uma lágrima.

NORA (*fita-a incrédula*) Mas, Kristine, como é possível?

SRA. LINDE (*sorrindo desencantada e correndo a mão pelos cabelos*) Oh, é como sói acontecer, Nora.

NORA Tão solitária. Os dias devem lhe ser insuportavelmente pesados. Eu tenho três lindos filhos. Não pode vê-los agora porque saíram com a babá. Mas, então, conte-me tudo...

SRA. LINDE Não, não, não, conte-me você em vez.

NORA Não, comece você. Hoje não quero ser egoísta. Hoje quero pensar apenas nas suas coisas. Porém, *uma* coisa preciso lhe dizer. Soube que tiramos a sorte grande nesses dias?

SRA. LINDE Não. Do que se trata?

NORA Imagine, meu marido tornou-se diretor do Banco de Ações.

SRA. LINDE Seu marido? Oh, mas que esplêndido...!

NORA   Sim, tremenda! Ser bacharel em direito é um jeito muito inseguro de ganhar a vida, especialmente quando se quer distância de causas que não sejam as mais bem reputadas. Naturalmente, Torvald jamais se prestaria a menos. E nisso concordo plenamente com ele. Oh, acredite, estamos muito felizes! Ele ingressará no banco já no começo do ano, e então ganhará um bom salário e comissões. Daí viveremos uma vida bem diferente... quem sabe a vida que sempre quisemos. Oh, Kristine, como me sinto aliviada e feliz! Sim, pois é uma dádiva poder contar com uma grande soma de dinheiro e não ter preocupações. Não é verdade?

SRA. LINDE   Sim, embora já seja uma dádiva ter o mínimo necessário.

NORA   Não, não apenas o necessário, mas muito, muito dinheiro!

SRA. LINDE   (*sorrindo*) Nora, Nora, ainda não está satisfeita? Na escola, sempre se punha a esbanjar.

NORA   (*ri baixinho*) Sim, é o que Torvald sempre diz. (*com o dedo em riste*) Mas a Nora aqui não é tão louca quanto pensam vocês. Não chegamos aonde chegamos por obra da minha gastança. Precisamos trabalhar, os dois.

SRA. LINDE   Você também?

NORA   Sim, coisas pequenas, trabalhos manuais, crochês e bordados, essas coisas; (*desdenhando*) e com outras coisas também. Você sabe muito bem que Torvald saiu do departamento quando casamos, não sabe? Não havia perspectivas de promoção no escritório, então ele precisou dar duro, bem mais que antes. O primeiro ano foi extenuante, um verdadeiro horror. Teve de aceitar todo tipo de trabalho, você pode imaginar, começando cedo e esfalfando-se até tarde. Mas não suportou e adoeceu gravemente. Os médicos explicaram que seria imperativo viajarmos para o sul.

SRA. LINDE   Não passaram um ano inteiro vivendo na Itália?

NORA   Sim. Não foi fácil partir, pode ter certeza. Ivar tinha acabado de nascer. Mas precisávamos ir, naturalmente. Oh, foi uma viagem maravilhosa. Salvou a vida de Torvald. Mas custou-nos muito dinheiro, Kristine.

SRA. LINDE   Posso imaginar.

NORA   Mil e duzentas espécies foi o que custou. Quatro mil e oitocentas coroas. É dinheiro demais.

SRA. LINDE   Nestes casos, pelo menos, sorte tem quem pode contar com tamanha soma.

NORA   Devo dizê-la que este dinheiro papai quem nos deu.

SRA. LINDE   Oh, sim. Foi justo quando ele faleceu, cá estou pensando.

NORA	Sim, Kristine, justo então. E imagine que não tive como vir aqui cuidá-lo. Estava aqui esperando, dia após dia, que o pequeno Ivar viesse ao mundo. E ainda tinha que dar atenção ao meu pobre marido Torvald, cuja saúde era precária. Meu querido papai! Nunca mais tornei a vê-lo, Kristine. Oh, desde que casei, foram os piores anos da minha vida.

SRA. LINDE	Eu sei o quanto o tinha em consideração. Mas, então, viajaram todos para a Itália?

NORA	Sim, tínhamos o dinheiro e os médicos nos apressaram a ir. Partimos um mês depois.

SRA. LINDE	E seu marido voltou inteiramente curado?

NORA	Forte como um touro!

SRA. LINDE	Mas... e o médico?

NORA	Como diz?

SRA. LINDE	Creio que a criada disse que o doutor, aquele senhor que aqui chegou junto comigo.

NORA	Ah, era o doutor Rank. Mas não veio passá-lo em consulta. Ele é um amigo próximo, pelo menos uma vez por dia nos vem visitar. Não, Torvald jamais voltou a cair doente desde então. E as crianças também estão firmes e fortes, assim como eu. (*levanta-se estalando as mãos*) Oh, Deus, oh, Deus, Kristine, é tão maravilhoso estar viva e contar com a sorte...! Oh, mas que terrível da minha parte... Continuo a falar apenas da minha vida. (*sentando-se numa cadeira próximo a ela e apoiando as mãos nos joelhos*) Escute, não me queira mal! Diga-me, é verdade que não gostava do seu marido? Por que casou com ele, então?

SRA. LINDE   Minha mãe ainda é viva. Estava acamada e inválida. E também tinha meus dois irmãos mais novos para cuidar. Achei que não seria razoável recusar a proposta.

NORA   Não, não, nisso você tem razão. Ele era um homem rico?

SRA. LINDE   Era muito bem-sucedido, acho eu. Só que eram negócios muito incertos, Nora. Quando morreu, tudo virou de cabeça para o chão e por fim nada me restou.

NORA   E então...?

SRA. LINDE   Eis, então, que me vi obrigada a viver de pequenos serviços onde quer que os encontrava, numa lojinha aqui, numa escola acolá. Os últimos três anos foram, para mim, como um único dia de trabalho sem trégua. Agora o fim está próximo, Nora. Minha pobre mãe não precisa mais de mim, pois já se foi. Tampouco os garotos. Já arrumaram cada um uma viração e podem se haver por conta própria.

NORA   Deve estar muito aliviada...

SRA. LINDE   Não. Apenas sinto um vazio infindo. Não tenho mais por quem viver. (*levanta-se vexada*) Por isso não suportei ficar mais tempo naquele fim de mundo. Aqui deve ser mais fácil encontrar algo que me ocupe os pensamentos. Se tiver a fortuna de encontrar um serviço fixo, num escritório...

NORA   Oh, Kristine, como deve estar aflita. Seu semblante já denota esta aflição. Seria melhor se pudesse encontrar um repouso à beira-mar.

SRA. LINDE (*indo em direção à janela*) Não tenho pai que possa me emprestar esse dinheiro, Nora.

NORA (*levantando-se*) Oh, não me tenhas raiva assim!

SRA. LINDE (*dirigindo-se a ela*) Querida Nora, não tenhas raiva a mim tampouco. O pior dum trabalho como o meu é apoquentar a cabeça com tanta amargura. Quem não tem o que fazer acaba ocupando todos os cantos da cabeça consigo mesmo. É preciso viver, e aí se vive no egoísmo. Quando me contou das afortunadas mudanças na sua vida — creia-me quando lhe digo —, a felicidade que senti foi como se houvesse sucedido a mim mesma.

NORA Como assim? Oh, eu a compreendo. Você quer dizer que Torvald talvez pudesse ajudá-la de algum modo.

SRA. LINDE Sim, foi o que pensei.

NORA Pois ele irá, Kristine. Deixe a questão a meus cuidados. Vou encaminhá-la com muito tato, muito tato... Pensarei em algo que ele não terá como recusar. Oh, quero tanto poder fazer algo em seu benefício.

SRA. LINDE Quanta gentileza da sua parte, Nora, de se prontificar a me ajudar... Logo *você*, que é tão pouco íntima dos revezes e percalços da vida.

NORA Eu...? Tão pouco íntima...?

SRA. LINDE (*sorridente*) Oh, Deus do céu, digo desses trabalhos pequenos, essas miudezas... Você é uma criança, Nora.

NORA (*abana a cabeça e cruza a sala*) Não devia me falar com esse ar de superioridade.

SRA. LINDE Superioridade?

NORA	Você é como os outros. Todos acham que não dou para alguma coisa nem levo nada a sério...
SRA. LINDE	Ora, ora...
NORA	... que nunca tentei nada neste mundo de dificuldades.
SRA. LINDE	Querida Nora, mas você acabou de me contar das suas dificuldades.
NORA	Pff... Essas pequenezas! (*em voz baixa*) Não lhe contei da maior.
SRA. LINDE	Maior o quê? O que quer dizer?
NORA	Você me olha com desdém, Kristine. Mas não devia. Você tem orgulho do imenso e custoso sacrifício que fez pela sua mãe.
SRA. LINDE	Não olho com desdém a ninguém. Mas *isso* é verdade: sou orgulhosa e feliz quando olho para trás e penso que tornei os derradeiros dias da minha mãe menos sofridos.
NORA	E também sente orgulho quando pensa no que fez pelos seus irmãos.
SRA. LINDE	Tem razão, também sinto.
NORA	E eu concordo. Mas agora ouça-me, Kristine. Pois também tenho algo que me é motivo de orgulho e felicidade.
SRA. LINDE	Não tenho dúvidas. Mas por que me diz assim?
NORA	Fale baixo. Imagine se Torvald escutar! Ele não pode, por nada neste mundo... Ninguém pode saber, Kristine. Ninguém a não ser você.
SRA. LINDE	Mas o que seria então?

NORA Venha aqui. (*arrasta-a para o sofá ao seu lado*) Sim, veja... Eu também tenho algo de que posso me orgulhar e me alegrar. De mim, por ter salvo a vida de Torvald.

SRA. LINDE Salvo...? Como assim?

NORA Já lhe contei sobre a viagem à Itália. Torvald jamais teria recobrado a saúde se não tivesse viajado para lá...

SRA. LINDE Sim, claro. Seu pai lhes deu o dinheiro de que precisavam...

NORA (*sorrindo*) Sim, é o que acham Torvald e todos os outros, mas...

SRA. LINDE Mas...?

NORA Papai não nos deu um cêntimo sequer. Fui eu quem providenciou todo o dinheiro.

SRA. LINDE Você? Aquela quantia imensa?

NORA Mil e duzentas espécies. Quatro mil e oitocentas coroas. Que me diz disso?

SRA. LINDE Mas, Nora, como foi possível? Você não teria ganho o prêmio da loteria?

NORA (*desdenhando*) Loteria? (*resmungando*) De que me valeria se o tivesse?

SRA. LINDE Mas de onde veio tamanha quantia?

NORA (*cantarola e sorri misteriosamente*) Hmm. Tra la la la!

SRA. LINDE Pois tomar emprestado também não seria possível.

NORA Verdade? Por que não?

SRA. LINDE Não, pois a uma esposa não é dado contrair empréstimos sem a anuência do marido.

NORA   (*abanando a cabeça*) Oh, se não se tratasse duma esposa com um mínimo de expediência... uma esposa com um mínimo de tirocínio...

SRA. LINDE   Mas, Nora, não compreendo como...

NORA   Nem é preciso compreender. Nunca disse que tomei *emprestado* o dinheiro. Posso tê-lo obtido de outras maneiras. (*reclina-se no sofá*) Posso tê-lo obtido dum admirador. Quando se é uma pessoa atraente como eu...

SRA. LINDE   Você é louca.

NORA   Agora lhe percebo um tanto curiosa, Kristine.

SRA. LINDE   Ouça-me aqui, querida Nora... Não está sendo um tanto insensata?

NORA   (*empertigando-se*) É insensatez salvar a vida do próprio marido?

SRA. LINDE   Acho insensato que você, sem o conhecimento dele...

NORA   Mas justo ele não podia saber de nada! Deus do céu, por que não compreende? Ele não podia saber quão grave era seu estado de saúde. Foi para mim que acorreram os médicos para dizer que sua vida corria perigo. Que nada poderia salvá-lo exceto uma temporada no sul. Não lhe ocorre que eu por primeiro fiz valer a minha vontade? Contei-lhe como acharia prazeroso viajar ao estrangeiro como fazem tantas jovens esposas. Chorei e esperneei, implorei-lhe que ponderasse sobre as circunstâncias em que me encontrava, que fosse gentil e indulgente para comigo. Então sugeri-lhe, muito de passagem, que ele pudesse contrair um empréstimo, mas, ele quase enfureceu, Kristine. Disse que eu era muito avoada, que seu dever como esposo não era ceder aos meus caprichos e chorumelas — creio que foram os termos que usou. Pois sim, pensei eu. É mister salvá-lo. Daí vislumbrei uma possibilidade...

SRA. LINDE E seu marido não soube, por intermédio do seu pai, que o dinheiro não veio da parte do sogro?

NORA Não, nunca. Papai faleceu exatamente no mesmo dia. Pensei em lhe contar sobre o assunto e lhe pedir que não dissesse palavra. Mas ele já estava tão doente, acamado... Infelizmente, não chegou a ser necessário.

SRA. LINDE E desde então não confidenciou nada a seu esposo?

NORA Não, por Deus, como pode pensar assim? Ele, sempre tão rigoroso com esses assuntos! Além do mais... Torvald, sempre tão peremptório e bastante... Quão embaraçoso e humilhante não seria para ele saber que me deve algo? Talvez até abalasse a nossa relação conjugal. Nosso belo e afortunado lar não seria mais aquilo que é hoje.

SRA. LINDE E nunca, jamais irá contar-lhe?

NORA (*pensativa, sorrindo dissimulada*) Sim... Um dia, talvez... Num futuro distante, quando não mais estiver tão bela como hoje. Não ria-se disto! Naturalmente, quero dizer, quando Torvald não mais estiver tão devotado a mim. Quando não mais encontrar prazer em me ver trajada, dançando, declamando para ele. Neste caso, ter uma carta na manga pode vir a calhar... (*interrompendo-se*) Vôte, vôte, vôte! Este dia nunca haverá de chegar... E, então, que tem a dizer do meu grande segredo, Kristine? Terei eu alguma serventia, afinal? ... A propósito, esteja certa de que este assunto trouxe-me muitas atribulações. Não foi fácil cumprir com as minhas obrigações devidamente. Devo dizer-lhe que há, no mundo dos negócios, uma coisa que se chama juros trimestrais e outra que se chama prestações vincendas, ambas tão terríveis de administrar. Então, precisei poupar um tantinho aqui e ali, sempre que podia, veja você. Em relação ao custeio da casa havia pouco a fazer, pois Torvald precisa ter do bom e do melhor. As crianças não podem ir por aí em andrajos, portanto vi-me obrigada a usar todos os dinheiros que ele me dava. Tão lindos e abençoados, os meus pequenos!

SRA. LINDE Está me dizendo que teve que abrir mão das suas próprias necessidades, pobre Nora?

NORA Sim, naturalmente. Afinal de contas, eu era a encarregada da questão. Cada vez que Torvald me dava dinheiro para um vestido novo ou algo assim, não gastava mais do que a metade. Sempre adquiria a mercadoria mais simples e barata. Por sorte divina visto-me tão bem que Torvald nunca sequer deu fé disso. Mas, por vezes, abati-me, Kristine... É tão bom vestir-se com aprumo. Não é verdade?

SRA. LINDE Oh, sim, sem dúvida.

NORA Bem, e também houve outras fontes de rendimento. No inverno do ano passado, tive a ventura de poder escrever várias cópias de documentos. Tranquei-me no aposento e atravessei noites trabalhando. Ah, tantas vezes me senti exausta, absolutamente exausta. Ao mesmo tempo era um prazer saber que o dinheiro seria o fruto de tanto esforço. Senti-me quase como se fosse um homem.

SRA. LINDE Mas quanto dinheiro pôde amealhar desta maneira?

NORA   Bem, não sei dizer ao certo. Tais empreitadas são muito difíceis de gerenciar. Sei apenas que usei cada moeda que consegui juntar. Muitas vezes achei que estava para perder o juízo. (*sorrindo*) Pus-me aqui a devanear que um senhor de posses havia caído de amores por mim...

SRA. LINDE   O quê! Qual senhor?

NORA   Oh, conversa fiada! ... que ele tinha falecido e quando se abriu seu testamento lá estava em letras garrafais: "Todo o meu dinheiro em espécie irá imediatamente para a amada senhora Nora Helmer".

SRA. LINDE   Mas, querida Nora... Que senhor era este?

NORA   Meu Deus, não está entendendo? Este senhor não existe. Foi apenas algo que me ocorreu sentada aqui, por vezes a fio, quando não tinha em mente uma maneira de conseguir dinheiro. Mas, agora, pouco se me dá. Por mim, este velho e tedioso homem pode estar onde estiver. Não me importo mais com ele ou com seu testamento, pois agora não tenho mais preocupações. (*levanta-se de supetão*) Oh, Deus, só de imaginar é uma alegria, Kristine! Nada de preocupações! Não ter nada com que se preocupar. Poder brincar à vontade com as crianças. Poder ter uma casa formosa com tudo de maravilhoso dentro, do jeito como Torvald gosta! Imagine só que já chega a primavera trazendo o céu azul e a brisa fresca. E aí talvez possamos viajar um pouco. Talvez possamos rever o mar. Oh, sim, é maravilhoso estar viva e ser feliz!

(*Soa a sineta na antecâmara.*)

SRA. LINDE   (*levanta-se*) Batem à porta. Melhor eu me ir.

NORA	Não, fique. Não esperamos visita. Decerto é alguém para Torvald...
CRIADA	(*na porta da antecâmara*) Perdão, senhora... Aqui está um senhor que deseja ter com o bacharel...
NORA	Com o diretor do banco, melhor dizendo.
CRIADA	Sim, com o diretor do banco. Mas eu não sabia... uma vez que o doutor está lá dentro...
NORA	Quem é este senhor?
KROGSTAD	(*na porta da antecâmara*) Sou eu, senhora. (*Senhora Linde sente um frêmito, compõe-se e volta-se na direção da janela.*)
NORA	(*aproxima-se dele, tensa, à meia-voz*) O senhor? Do que se trata? O quer deseja ter com meu marido?
KROGSTAD	Questões bancárias... de certo modo. Tenho um posto no Banco de Ações, e vosso marido agora será o nosso chefe, ouço dizer...
NORA	Então é...
KROGSTAD	Somente negócios pura e simplesmente, senhora. Nada além.
NORA	Pois não, o senhor, por gentileza, dirija-se ao gabinete. (*cumprimentos mútuos enquanto ela fecha a porta da antecâmara; em seguida, vai até a lareira*)
SRA. LINDE	Nora... Quem era este homem?
NORA	Um certo advogado Krogstad.
SRA. LINDE	Então, era ele mesmo.
NORA	Conhece esta pessoa?

SRA. LINDE   Já o conheci... Faz alguns anos. Houve um tempo que era advogado plenipotenciário nas nossas paragens.

NORA   Sim, era mesmo ele.

SRA. LINDE   Como mudou.

NORA   Teve um casamento assaz infeliz.

SRA. LINDE   Agora é viúvo?

NORA   Com muitos filhos. Veja só. Agora está ardendo.

(*Ela fecha a porta da lareira e arrasta a cadeira de balanço um pouco para o lado*)

SRA. LINDE   Diz-se que anda à frente duma variedade de negócios e empreitas agora.

NORA   É mesmo? É bem possível. Não sei ao certo... Mas não falemos de negócios. É tão aborrecido.

(*O doutor Rank surge do gabinete de Helmer.*)

DR RANK   (*ainda no vão da porta*) Não, não. Não pretendia incomodá-lo. Prefiro aguardar um pouco aqui com sua esposa. (*fecha a porta e dá-se conta da presença da senhora Linde*) Oh, mil perdões. Aqui também estou a incomodar.

NORA   Não, de modo algum. (*apresentando*) Doutor Rank, Senhora Linde.

RANK   Muito bem. Um nome que muito se ouve falar nesta casa. Creio que cruzei com a senhora na escadaria quando cheguei.

SRA. LINDE   Sim. Subo os degraus com muito vagar. Não tolero bem o cansaço.

RANK   A-há, uma leve fadiga interior?

SRA. LINDE   Na verdade, mais uma decorrência do excesso de trabalho.

RANK   Nada mais? Presumo, então, que tenha acorrido à cidade para repousar, diante de tanto que oferecemos?

SRA. LINDE   Vim à cidade procurar trabalho.

RANK   Seria esta uma maneira adequada de repousar?

SRA. LINDE   É preciso viver, senhor doutor.

RANK   É opinião geral que o trabalho é algo sobremaneira necessário.

NORA   Oh, sabe do que mais, doutor Rank... O senhor bem sabe que viver é bom.

RANK   Diria que sim. Por mais miserável que me sinta, quero prolongar esta agonia o quanto me for possível. Todos os meus pacientes sentem-se da mesma forma. E há também aqueles que padecem dum desvio moral. Neste exato instante, há um caso grave de desvio moral aqui em casa de Helmer...

SRA. LINDE   (*sussurrando*) Ah!

NORA   A quem o senhor se refere?

RANK   Oh, é um certo advogado Krogstad, um cidadão que as senhoras decerto não conhecem. Está acometido duma enfermidade moral, senhora. Embora, agora, tenha dado para falar, ele próprio, que quer *viver*.

NORA   Não diga? E o que veio ele ter com Torvald?

RANK   Em verdade, não sei. Ouvi de passagem que dizia respeito ao Banco de Ações.

NORA   Não sabia que Krog... que este advogado Krogstad tinha haveres com o Banco de Ações.

RANK Pois sim, ele ocupa uma espécie de cargo acolá. (*para a senhora Linde*) Não estou certo se nas suas paragens há destas pessoas que saem por aí farejando a corrupção moral de alguém, e, uma vez que a descobrem, alçam o indivíduo em questão a uma posição de relevo, e o remuneram a vela de libra, apenas para não perdê-lo de vista. A gente de bem e sadia é relegada ao segundo plano.

SRA. LINDE Pois não são os doentes os que mais carecem de cuidados?

RANK (*dá de ombros*) Sim, aqui temos. São opiniões como esta que estão transformando nossa sociedade num hospício.

(*Nora, absorta em seus pensamentos, deixa escapar uma risada e estala as mãos.*)

RANK Por que ri a senhora? Não sabe o que a sociedade é de fato?

NORA Por que haveria de me importar com essa sociedade entediante? Estava a rir de outra coisa... algo tão divertido. Diga-me, doutor Rank... Todos os empregados do Banco de Ações doravante estarão sob o comando de Torvald?

RANK É *isto* que a senhora considera tão divertido?

NORA (*sorrindo e cantarolando*) São coisas minhas! São coisas minhas! (*caminhando pela sala*) É mesmo uma satisfação intensa imaginar que nós... que Torvald exercerá tamanha influência sobre tantas pessoas. (*retirando o saco do bolso*) Doutor Rank, aceite alguns *macarons*.

RANK	Ora, veja. *Macarons*. Julguei que fossem proibidos por aqui.
NORA	Sim, mas estes foram Kristine quem mos deu.
SRA. LINDE	Quê? Eu...?
NORA	Ora, ora, ora. Não se apoquente. Você não teria como saber que Torvald os havia proibido. Ele teme que me arruínem os dentes, devo dizer-lhe. Mas, pfff... Uma vezinha de nada! Não é verdade, doutor Rank? Tome cá, por favor! (*enfiando um macaron na boca*) Você também, Kristine. Um também para mim. Somente unzinho... ou melhor, dois. (*retoma os passos pela sala*) Sim, sou mesmo uma pessoa de sorte. Agora só me resta uma coisa no mundo que me fará sentir inteiramente realizada.
RANK	Não diga? E o que seria?
NORA	Algo que adoraria dizer se Torvald apenas me desse ouvidos.
RANK	E por que não lho diz?
NORA	Não, não ousaria, pois é tão feio.
SRA. LINDE	Feio?
RANK	Neste caso, não seria aconselhável. Mas conosco a senhora pode muito bem... O que, afinal, a senhora tanto deseja dizer para que Helmer lha dê ouvidos?
NORA	Mal me contenho de guardar isto no peito. Que desgraçada sou.
RANK	A senhora está louca!
SRA. LINDE	Deus a guarde, Nora...!
RANK	Diga. Aqui vem ele.

NORA   (*escondendo o saco de macarons*) Psiu, psiu, psiu!

(*Helmer, de sobretudo pendurado no braço e chapéu na mão, surge pela porta do gabinete.*)

NORA   (*dirigindo-se a ele*) Então, querido Torvald, terminaste com ele?

HELMER   Sim, ele já se foi.

NORA   Deixe-me apresentá-lo... Esta é Kristine que recém-chegou à cidade.

HELMER   Kristine...? Perdão, mas não sei...

NORA   Senhora Linde, querido Torvald. Senhora Kristine Linde.

HELMER   Oh, sim. Amiga de infância da minha esposa, eu presumo?

SRA. LINDE   Somos conhecidas desde pequenas.

NORA   E imagine que ela empreendeu longa viagem até aqui para ter consigo.

HELMER   O que quer dizer?

SRA. LINDE   Bem, na verdade não...

NORA   Kristine é excelente para fazer trabalhos de escritório e está ansiosa para trabalhar sob a batuta dum homem inteligente, que lhe permita aperfeiçoar seus talentos...

HELMER   Muito sensato da sua parte, senhora.

NORA   E, então, ela ouviu dizer que você fora indicado diretor do banco — já telegrafaram a notícia —, viajou assim que pôde e... Não é verdade, Torvald, que pode fazer algo por Kristine se assim lhe peço? Hein?

HELMER	Não seria de todo impossível. A senhora é, presumivelmente, viúva?
SRA. LINDE	Sim.
HELMER	E tem experiência em trabalhos com contabilidade?
SRA. LINDE	Um tantinho assim.
HELMER	Muito bem, neste caso é inteiramente possível que possa lhe arrumar uma colocação...
NORA	(*estalando as mãos*) Veja só! Veja só!
HELMER	Veio num momento auspicioso, senhora...
SRA. LINDE	Oh, mas como eu lhes poderia agradecer...?
HELMER	Qual o quê! (*vestindo o sobretudo*) Contudo, agora devo pedir-lhes licença para...
RANK	Espere. Vou consigo. (*busca seu casaco de pele do corredor e o aquece rente à lareira*)
NORA	Não se demore, querido Torvald.
HELMER	Coisa duma hora, não mais.
NORA	Também está de saída, Kristine?
SRA. LINDE	(*vestindo o casaco*) Sim, preciso ir e procurar um quarto para morar.
HELMER	Neste caso, talvez possamos descer a rua juntos.
NORA	(*ajudando-a*) Que lástima ter de morar num aposento apertado. Mas para nós seria impossível...
SRA. LINDE	Oh, mas no que está pensando! Até logo, querida Nora, e obrigada por tudo.

NORA — Até breve. Sim, pois naturalmente a esperamos de volta esta noite. E o senhor também, doutor Rank. Hein? Se lhe convier? Oh, mas claro que sim. Não esqueça de proteger-se bem do frio.

(*Saem todos falando amenidades. Lá de fora, ouve-se o alarido de crianças brincando.*)

NORA — São eles! São eles!

(*Ela apressa-se e abre a porta. A babá Anne-Marie adentra com as crianças.*)

NORA — Entrem, entrem! (*debruçando-se e beijando um a um*) Ah, meus queridos e abençoados...! Veja, Kristine? Não são lindos?

RANK — Não se demorem tomando esta corrente fria!

HELMER — Venha, senhora Linde. Este lugar quedará insuportável para quem não é mãe.

(*Doutor Rank, Helmer e a senhora Linde descem as escadas. A criada adentra a sala com as crianças, seguida por Nora, que passa e fecha a porta da antecâmara.*)

NORA — Que formosos e saudáveis estão. Que bochechas mais rosadas! Parecem maçãs e rosas. (*as crianças falam em uníssono*) Divertiram-se bastante? A mim me parece que sim. É mesmo, você empurrou Emmy e Bob no trenó? Os dois juntos? Que menino mais faceiro, Ivar. Oh, deixe-me segurá-la um pouco, Anne-Marie. Minha linda bonequinha! (*pega a miúda dos braços da babá e dança com ela*). Sim, sim, mamãe vai dançar com Bob também. Hein? Atiraram bolas de neve também? Oh, queria eu ter participado da brincadeira! Não, pode deixar, eu mesma tiro-lhes as roupas, Anne-Marie. Oh, sim. Deixe-me, é tão divertido. Passe para dentro. Você parece estar congelando. Preparei café quente, está no fogão.

(*A babá sai pelo aposento à esquerda. Nora tira os casacos de inverno das crianças e os amontoa de lado, enquanto todos falam a uma só voz.*)

NORA É mesmo? Um canzarrão veio correndo atrás de vocês? Mas ele os mordeu? Não, cachorros não são de morder bonequinhos lindos assim. Não espie nos pacotes, Ivar! O que são? Ah, se vocês soubessem... Oh, não, não... Não é nada bom, nada para vocês. E então? Vamos brincar? De que brincaremos? De esconder? Vamos brincar de esconder, então. Bob irá por primeiro. Eu? Muito bem, irei eu por primeiro então.

(*Ela e as crianças saem às gargalhadas de alegria pela sala e pelo cômodo adjacente à direita. Por fim, Nora esconde-se sob a mesa. As crianças surgem em disparada, procuram-na, mas não a encontram, ouvem sua risada abafada, vêm à mesa, levantam a toalha e avistam-na. Regozijo intenso. Ela sai de gatinhas como para assustá-los. Novo regozijo. Entrementes batem à porta da frente. Ninguém se dá conta. Finalmente, a porta é entreaberta e vê-se a silhueta do advogado Krogstad. Ele aguarda. A brincadeira prossegue.*)

KROGSTAD Com sua permissão, senhora Helmer...

NORA (*abafando um grito, vira-se de lado e tem um sobressalto*) Ah! O que deseja o *senhor*?

KROGSTAD Perdoe-me. A porta estava apenas encostada. Alguém deve ter esquecido de fechá-la...

NORA (*levantando-se*) Meu marido não está, senhor Krogstad.

KROGSTAD   Eu sei.

NORA   Sim... Mas então o que faz aqui?

KROGSTAD   Desejo ter uma palavrinha com a senhora.

NORA   Comigo...? (*para as crianças, mais tranquila*) Vão com Anne-Marie. Hein? Não, este estranho não fará mal algum a mamãe. Quando ele se for voltaremos ao nosso folguedo.

(*Ela conduz as crianças ao aposento à esquerda e fecha a porta ao passarem*)

NORA   (*inquieta, tensa*) O senhor deseja ter comigo?

KROGSTAD   Sim, desejo.

NORA   Hoje...? Mas não é sequer o primeiro dia do mês...

KROGSTAD   Não, é véspera de Natal. E o espírito natalino que hoje baixará nesta casa depende inteiramente da senhora.

NORA   O que o senhor quer? Hoje é impossível para mim...

KROGSTAD   Não falemos disto por hora. Trata-se de outro assunto. A senhora teria por certo um instantinho?

NORA   Oh, sim. Absolutamente. Embora...

KROGSTAD   Muito bem. Estava lá eu no restaurante Olsen e avistei vosso marido descendo a rua...

NORA   Muito bem.

KROGSTAD   ... em companhia de uma dama.

NORA   E daí?

KROGSTAD   Permita-me a ousadia de perguntar: seria aquela dama uma certa senhora Linde?

NORA   Sim.

KROGSTAD Recém-chegada à cidade?

NORA Sim, hoje.

KROGSTAD Ela não é vossa amiga de há tempos?

NORA Sim, ela mesma. Mas não percebo onde...

KROGSTAD Também já fomos apresentados.

NORA Estou ciente.

KROGSTAD Verdade? Logo, está inteirada do assunto. Podia imaginar cá comigo. Pois sim, devo perguntar-lhe com todas as letras: a senhora Linde arrumará alguma ocupação no Banco de Ações?

NORA Como permite-se fazer este tipo de questionamento a mim, senhor Krogstad, logo o *senhor*, um *subalterno* ao *meu* marido? Mas já que pergunta, deve saber: sim, a senhora Linde terá uma ocupação. E fui eu quem intercedeu em favor dela, senhor Krogstad. Agora o senhor já sabe.

KROGSTAD Conforme eu supunha.

NORA (*caminhando em círculos*) Oh, às vezes, um pouco de influência não faz mal exercer, imagino eu. O fato de ser uma mulher não significa necessariamente que... Quando se ocupa uma posição subordinada, senhor Krogstad, deve-se evitar ofender a alguém que... hmmm...

KROGSTAD ... que tem influência?

NORA Sim, precisamente.

KROGSTAD (*mudando o tom*) Senhora Helmer, seria muita bondade sua usar a influência que possui em meu favor.

NORA O que agora? O que quer dizer?

KROGSTAD   A senhora poderia, por obséquio, assegurar-se de que eu mantenha a minha posição subordinada no banco.

NORA   O que quer dizer? Quem pensa em ocupar a posição que o senhor ora ocupa?

KROGSTAD   Oh, não carece de a senhora fingir-se de inocente para mim. Sei muito bem que convém à sua amiga medir forças comigo. E já sei também a quem agradecer caso eu seja dispensado.

NORA   Mas eu posso assegurar ao senhor...

KROGSTAD   Sim, sim, sim, curto e grosso: ainda há tempo e eu a aconselho, senhora. Utilize a sua influência para prevenir que isto ocorra.

NORA   Mas, senhor Krogstad, eu *não* tenho influência alguma.

KROGSTAD   Não tem? Julguei que a senhora mesmo acabou de dizer...

NORA   Não quis me expressar desta maneira. Eu? Como pode imaginar que eù possa tanto influenciar meu marido?

KROGSTAD   Ora, a senhora conhece seu marido desde quando eram estudantes. Não suponho que o senhor diretor do banco seja mais firme que os demais maridos.

NORA   Diga algo desabonador do meu marido e lhe mostrarei a porta da rua.

KROGSTAD   A senhora é ousada.

NORA   Não temo ao senhor, não mais. Quando o Ano Bom chegar estarei livre disto tudo.

KROGSTAD (*mais contido*) Ouça-me aqui, senhora. Se for necessário, lutarei como se fora para salvar a própria vida, para manter meu empreguinho no banco.

NORA Assim me pareceu.

KROGSTAD Não apenas pelo dinheiro que me rende. Esta é a menor das minhas preocupações. Trata-se de outra coisa... Muito bem, vou-lhe dizer! É isto aqui, veja. A senhora sabe tão bem como qualquer um que certo dia, muitos anos atrás, cometi uma pequena indiscrição.

NORA Creio que ouvi falarem a respeito.

KROGSTAD O caso não chegou aos tribunais, porém todas as portas se me fecharam depois disto. De maneiras que, como sabe a senhora, tocou-me a mim fazer outros tipos de negócios. Era o que tinha à mão. E ouso dizer que a situação não tem sido das piores. Mas agora é hora de deixar isto para trás. Meus filhos cresceram. É por eles que preciso recobrar minha reputação nesta cidade, o mais rápido possível. Esse encargo no banco é, digamos assim, o primeiro degrau nesta minha escada. Se agora seu marido me enxotar desta escada, estarei caído na lama novamente.

NORA Em nome de Deus, senhor Krogstad, está longe na minha alçada poder ajudá-lo.

KROGSTAD Isto porque a senhora assim não o quer. Mas eu tenho meus meios de obrigá-la.

NORA O senhor não tenciona contar a meu marido que eu lhe devo dinheiro?

KROGSTAD Hmm. E se acaso eu lho contasse agora?

NORA   Seria uma infâmia de sua parte. (*com a voz embargada*) Contar a meu marido este segredo, que me dá alegria e orgulho... por... de inopino, por um motivo tão vil... Jamais cogitei tamanho constrangimento.

KROGSTAD   Constrangimento, apenas?

NORA   (*indignada*) Pois faça como bem entender. Pior será para si. Pois meu marido saberá que timo de pessoa o senhor é. E aí, sim, não manterá o encargo que tanto deseja.

KROGSTAD   Perguntei-lhe se o constrangimento doméstico é tudo que teme a senhora.

NORA   Caso meu marido venha a saber do que sucedeu, imediatamente quitará a dívida. E não teremos nada mais a tratar com o senhor.

KROGSTAD   (*dá um passo adiante*) Escute, senhora Helmer... Ou a senhora não tem boa memória ou conhece muito pouco de negócios. Em todo caso vou deixá-la melhor inteirada do assunto.

NORA   Como assim?

KROGSTAD   Quando seu marido caiu doente, a senhora procurou-me para tomar emprestado mil e duzentas espécies.

NORA   Não conhecia a mais ninguém.

KROGSTAD   Eu prometi-lhe providenciar essa soma...

NORA   E de fato cumpriu.

KROGSTAD   Prometi-lhe providenciar essa soma mediante certas condições. A senhora estava tão assoberbada pela enfermidade do seu esposo, e tão ansiosa pelo dinheiro para viajar, que não deu a devida atenção a estas condições. Diante disso, vale à pena puxar pela lembrança. Muito bem, eu prometi fornecer-lhe o dinheiro contra uma promissória que mandei redigir.

NORA Sim, a qual assinei prontamente.

KROGSTAD Muito bem. E, no entanto, mais abaixo acrescentei algumas linhas constituindo seu pai fiador da dívida. E estas, seu pai deveria tê-las assinado.

NORA Deveria...? Ele assinou-as, sim.

KROGSTAD A data permaneceu em branco. Isto é, seu pai deveria de próprio punho ter escrito o dia em que assinou o documento. Lembra-se disto?

NORA Sim, creio que...

KROGSTAD Entreguei-lhe a promissória para que a senhora a remetesse pelo correio ao seu pai. Não foi assim?

NORA Foi.

KROGSTAD E imediatamente a senhora procedeu ao envio, claro. Pois, seis dias depois, trouxe-me o documento com a assinatura do seu pai. E, então, teve o dinheiro que pretendia.

NORA Pois sim. E acaso não lhe tenho pago em dia?

KROGSTAD Absolutamente. Mas — retomando o objeto inicial desta nossa prosa — foram dias de muito sofrimento aqueles, pois não, senhora?

NORA Sim, foram.

KROGSTAD Seu pai encontrava-se muito enfermo, posso afigurar.

NORA Estava no leito de morte.

KROGSTAD Morreu pouco tempo depois?

NORA Sim.

KROGSTAD Diga-me, senhora Helmer, acaso a senhora não lembraria o dia em que faleceu seu pai? Em que dia do mês, quero dizer.

NORA Papai expirou no dia 29 de setembro.

KROGSTAD Está correto. Eu mesmo o tinha conferido. E por isso temos aqui uma discrepância (*exibindo uma folha de papel*) para a qual não consigo encontrar explicação.

NORA Qual discrepância? Eu não sei...

KROGSTAD A seguinte discrepância, senhora. Seu pai assinou esta promissória três dias depois que veio a falecer.

NORA Como? Não compreendo...

KROGSTAD Seu pai faleceu no dia 29 de setembro. Mas veja aqui. Seu pai datou a assinatura de 2 de outubro. Não é discrepante, senhora? (*Nora cala-se.*)

KROGSTAD Pode me explicar por quê? (*Nora permanece em silêncio.*)

KROGSTAD Não lhe salta aos olhos também que as palavras "2 de outubro" e os algarismos do ano não tenham sido manuscritos com a caligrafia do seu finado pai, mas com outra, que me parece muito familiar. Claro que deve haver uma explicação. Seu pai pode ter esquecido de datar a assinatura, e um terceiro pode tê-la datado alheio ao seu falecimento. Não há mal nenhum nisto. É o nome assinado que importa. E *esta* é autêntica, não, senhora Helmer? Foi seu pai quem assinou o nome aqui?

NORA (*depois de breve silêncio, abana a cabeça e lança-lhe um olhar desafiador*) Não, não é. Fui *eu* quem escreveu o nome de papai.

KROGSTAD   Escute, senhora... A senhora tem clareza de que esta é uma admissão muito delicada?

NORA   Por quê? O senhor em breve receberá o seu dinheiro.

KROGSTAD   Posso-lhe fazer uma pergunta...? Por que não enviou o documento ao seu pai?

NORA   Era impossível. Papai estava enfermo. Se lhe pedisse para assinar teria que lhe contar o que faria com o dinheiro. Mas não havia como lhe contar, tal seu estado de saúde, que a vida do meu marido estava em risco. Era simplesmente impossível.

KROGSTAD   Seria melhor para a senhora ter interrompido sua viagem ao estrangeiro.

NORA   Não, era impossível. A viagem salvou a vida do meu marido. Não podia abrir mão dela.

KROGSTAD   A senhora não se deu conta que cometia uma fraude contra a minha pessoa...?

NORA   Tampouco poderia levar em conta isto. Não me importo o mínimo com o senhor. Mal lhe posso suportar diante das cruéis dificuldades que impôs, e com absoluta consciência de que a condição de saúde do meu marido era tão grave.

KROGSTAD   Senhora Helmer, obviamente não tem a menor ideia da responsabilidade que lhe pesa sobre os ombros. Mas posso asseverar-lhe que o mínimo deslize que me arruinou a reputação não é nada diante daquilo que a senhora perpetrou.

NORA   O senhor? Acaso quer me convencer que seria corajoso o suficiente a ponto de correr um risco para salvar a vida da sua esposa?

KROGSTAD   À lei não interessa saber os motivos.

NORA   Esta há de ser, pois, uma lei muito ruim.

KROGSTAD Ruim ou não... Basta que leve este papel a juízo e a senhora será condenada de acordo com a lei.

NORA   Recuso-me a acreditar. Uma filha não tem o direito de poupar seu pai à beira da morte de mais ansiedades e preocupações? Uma esposa não tem o direito de salvar a vida do marido? Não conheço as leis a fundo, mas estou certa de que em algum lugar delas tais coisas são consentidas. Como o senhor, que é advogado, pode ignorar isto? Só pode ser um jurista muito ruim, o senhor Krogstad.

KROGSTAD Pode ser. Mas quanto aos negócios — negócios que temos um com o outro —, creia-me que os conheço muito bem. Muito bem. Faça o que lhe aprouver. Mas *isto* aqui lhe digo: se eu tornar a cair em desgraça uma segunda vez, a senhora virá fazer-me companhia. (*Ele a saúda e sai pela antecâmara.*)

NORA   (*pensativa um instante, abana a cabeça*) Oh, nada! ... quer me meter medo! Não sou assim tão simplória. (*passa arrumar os brinquedos das crianças, logo se detém*) Mas...? ... não, é impossível! Tudo o que fiz foi por amor.

CRIANÇAS (*no vão da porta à esquerda*) Mamãe, o estranho acaba de sair pela porta da frente.

NORA   Sim, sim, eu sei. Mas não digam a ninguém sobre este estranho. Estão ouvindo? Nem mesmo ao papai!

CRIANÇAS Não, mamãe. Mas não quer tornar a brincar?

NORA   Não, não. Agora, não.

CRIANÇAS Oh, mamãe. Mas você prometeu.

NORA   Sim, mas agora não posso. Entrem. Estou muito atarefada. Entrem, entrem, meus doces. (*Ela os conduz com cuidado para o aposento e fecha a porta em seguida.*)

NORA   (*senta-se no sofá, alcança o tricô e dá alguns pontos, mas logo se detém*) Não! (*depõe agulha e novelo de lado, levanta-se, vai à porta da antecâmara e grita*) Helene! Traga aqui a árvore. (*vai à mesa à esquerda e abre a gaveta; torna a estancar*) Não, mas não pode ser possível!

CRIADA   (*com a árvore de Natal*) Onde boto a árvore, senhora?

NORA   Ali. No meio da sala.

CRIADA   Quer que lhe busque mais alguma coisa?

NORA   Não, obrigada. Já tenho o que preciso. (*A criada carrega a árvore para o lugar indicado e sai.*)

NORA   (*ornando a árvore de Natal*) Aqui irão velas... E aqui flores... Criatura repugnante! Conversa, conversa, conversa! Não há de ser nada. A árvore ficará linda. Farei tudo que desejares, Torvald... Cantarei para ti, dançarei para ti...

(*Helmer, com uma resma de papéis sob o braço, vem da rua.*)

NORA   Ah... Mas já veio?

HELMER   Sim. Esteve alguém aqui?

NORA   Aqui? Não.

HELMER   Curioso. Cruzei com Krogstad defronte ao portão.

NORA   Verdade? Oh, sim, é verdade, Krogstad esteve de passagem.

HELMER Nora, posso ver em seu rosto que ele esteve aqui e para pedir que lhe recomendasse a mim.

NORA Sim.

HELMER E que o fizesse como se fora por vontade própria? E não devia me dizer que ele andou por aqui. Não lhe pediu isso também?

NORA Sim, Torvald. Mas...

HELMER Nora, Nora, e você tomaria parte em tal coisa? Meter-se em conversa miúda com tal pessoa, prometer-lhe algo! E ainda por cima contar-me uma inverdade!

NORA Uma inverdade...?

HELMER Não disse você que aqui não veio ninguém? (*apontando-lhe o dedo*) Minha passarinha jamais deve agir assim novamente. O bico duma passarinha deve estar limpo para gorjear apenas verdades, nunca falsidades. (*toma-a pela cintura*) Não é assim que deve ser? Sim, eu bem sei. (*soltando-a*) E não diga mais palavra sobre isto. (*põe-se junto à lareira*) Ah, como está delicioso e quentinho aqui. (*folheia rapidamente os papéis*).

NORA (*depois dum breve instante ocupando-se com a árvore*) Torvald!

HELMER Sim?

NORA Estou tão animada com o baile a fantasia na casa dos Stenborgs depois de amanhã.

HELMER E estou morrendo de curiosidade para ver a surpresa que me aprontarás.

NORA Oh, que ideia mais estúpida!

HELMER   Como?

NORA   Não tenho como pensar em nada à altura. Tudo que me ocorre é tão banal e aborrecido.

HELMER   Minha pequena Nora chegou a *esta* conclusão?

NORA   (*atrás da poltrona, com os braços sobre o espaldar*) Está muito atarefado, Torvald?

HELMER   Oh...

NORA   Que são estes papéis?

HELMER   Coisas do banco.

NORA   Já?

HELMER   O gerente que está para se aposentar deu-me plenos poderes para realizas as mudanças necessárias, tanto nos empregados como no plano de negócios. É o que farei durante a semana do Natal. Quero tudo aprontado até o Ano Novo.

NORA   Foi por isso então que aquele pobre Krogstad...

HELMER   Hmmm.

NORA   (*ainda debruçada sobre o espaldar da poltrona, corre-lhe os dedos sobre a nuca*) Se não estivesse tão atarefado teria lhe pedido um tremendo favor, Torvald.

HELMER   Deixe-me ouvir. Que favor seria este?

NORA   Não há ninguém com gosto tão fino e apurado como tu. E eu tenciono apresentar-me à altura no baile a fantasia. Torvald, não gostaria de vir comigo decidir o traje que devo vestir?

HELMER   A-há, minha obstinada esposa agora procura um salvador?

NORA   Sim, Torvald, não vou a lugar algum sem sua ajuda.

HELMER — Muito bem, muito bem. Refletirei sobre o assunto. Haveremos de encontrar uma solução.

NORA — Oh, quão gentil da sua parte. (*vai na direção da árvore de Natal, estanca*) Quão belas estas flores vermelhas. Mas diga-me cá uma coisa, é verdade que este Krogstad é culpado de algo tão ruim?

HELMER — Falsificou a assinatura. Faz ideia do que isso significa?

NORA — Não o terá feito por necessidade?

HELMER — Sim, ou, como dizem por aí, por pura imprudência. Não sou tão inclemente a ponto de condenar um homem por um simples deslize deste tipo.

NORA — Não é mesmo, Torvald?

HELMER — Qualquer um pode soerguer-se e recobrar a moral, basta reconhecer os erros que cometeu e aceitar sua punição.

NORA — Punição...?

HELMER — Não foi este o caminho que Krogstad tomou. Em vez disto, valeu-se de ardis de toda sorte. E foi justo essa a sua derrocada moral.

NORA — Acha que deveria...?

HELMER — Imagine apenas que um homem culpado como ele tenha que mentir e agir como hipócrita diante de todos que lhe são próximos, sim, até para a própria esposa e filhos. Isto de envolver os filhos é o mais terrível, Nora.

NORA — Por quê?

HELMER   Ora, pois uma tal atmosfera de mentiras termina por infectar a vida dum lar inteiro. Cada vez que inspiram o ar duma casa assim, as crianças enchem-se de germes e pestilências.

NORA   (*aproximando-se por trás dele*) Está certo disso?

HELMER   Oh, querida, tenho experiência suficiente no ramo da advocacia. Quase todos cedo que na vida degeneraram são filhos de mães mentirosas.

NORA   Por que apenas… mães?

HELMER   Porque a influência maior vem das mães, embora os pais naturalmente apontem para a mesma direção. Qualquer advogado sabe-o muito bem. E mesmo assim este Krogstad passa os dias a envenenar os próprios filhos com mentiras e afetações. Por isso o digo um arruinado moral. (*estendendo-lhe os braços*) Por isso minha doce Norazinha me prometerá agora que não tocará neste assunto. Dê-me cá a sua mão. Ora, ora, o que foi? Dê-me a mão. Veja só. Cá está, prontinho. Posso asseverar que seria impossível trabalhar com ele. Sinto minha saúde literalmente debilitada quando aquele homem está próximo.

NORA   (*recolhe a mão e dá a volta na árvore de Natal*) Como está quente aqui dentro. E tenho tanto a fazer.

HELMER   (*levanta-se e recolhe os papéis*) Pois muito bem, creio que devo ler um pouco disto antes da ceia. Pensarei sobre sua fantasia também. E talvez apronte uns presentes embalados em papel dourado para ornar a árvore. (*descansa as mãos sobre a cabeça dela*) Oh, minha abençoada passarinha.

(*Vai para o gabinete e fecha a porta ao passar.*)

NORA   (*à meia-voz, depois dum silêncio*) Oh, nada! Não é assim. Não é possível. Não *pode* ser possível.

BABÁ   (*na porta à esquerda*) Os pequenos insistem para vir para junto da mãe.

NORA   Não, não, não. Não os deixe entrar aqui! Fique com eles, Anne-Marie.

BABÁ   Sim, senhora. (*fecha a porta*)

NORA   (*pálida de pavor*) Envenenar minhas criancinhas...! Envenenar o meu lar? (*breve pausa; ela abana a cabeça*) Não é verdade. Isto nunca será verdade.

SEGUNDO ATO

Mesma sala de estar. No canto, junto ao piano, está a árvore de Natal com tocos de velas nos galhos estropiados, já sem ornamentos. As roupas de sair de Nora estão jogadas sobre o sofá.

Sozinha na sala ela dá voltas inquieta. Finalmente estanca junto ao sofá e apanha o casaco.

NORA (*deixando cair o casaco*) Está chegando alguém! (*vai à porta, escuta*) Não... Não é ninguém. Naturalmente... Ninguém virá aqui hoje, dia de Natal... Nem tampouco amanhã... Mas quiçá... (*abrindo a porta e espiando lá fora*). Não, nada na caixa de correio. Vazia. (*retoma os passos pela sala*) Oh, que tolice! Naturalmente, ele não fala a sério. Não é *possível* acontecer algo assim. É simplesmente impossível. Eu tenho três crianças pequenas.

(*A babá, com uma grande caixa de papelão, surge do aposento à direita.*)

BABÁ Finalmente encontrei a caixa com os trajes à fantasia.

NORA Grata. Deixe-a sobre a mesa.

BABÁ (*faz como lhe disse*) Mas não estão em bom estado.

NORA Tenho ganas é de rasgá-las em mil pedaços!

BABÁ Deus a guarde. Elas podem muito bem ser reparadas. É só um pouco de paciência.

NORA Pois então vou cuidar que a senhora Linde venha para ajudar.

BABÁ Já vai sair de novo? Neste tempo horrível? A senhora Nora vai findar apanhando um resfriado... Cairá doente.

NORA Oh, até que não seria de todo o mal... Como estão as crianças?

BABÁ Os coitadinhos ainda brincam com os presentes de Natal, mas...

NORA Perguntam muito de mim?

BABÁ São tão acostumados a ter a mãe do lado.

NORA   Sim, mas, Anne-Maria, não *posso* estar tão junto a eles como antes.

BABÁ   Se bem que crianças pequenas habituam-se a tudo.

NORA   Acha mesmo? Acha que eles sentirão a falta da sua mamãe se ela se for para sempre?

BABÁ   Deus proíba! Para sempre!

NORA   Escute aqui e me diga, Anne-Marie... Tenho pensado muito nisto... Como suportou deixar seus filhos aos cuidados de estranhos?

BABÁ   Pois foi preciso, senhora, para ser a ama de leite da pequena Nora.

NORA   Sim, mas era algo que realmente *desejava*?

BABÁ   Onde mais eu poderia encontrar um lugar tão bom? Uma pobre de vida tão miserável como eu tinha mais era que se dar por feliz. Aquele ordinário não se dignava a fazer nada por mim.

NORA   Mas então sua filha já lhe esqueceu.

BABÁ   Oh, mas de forma alguma. Ela escreveu a mim quando foi à Igreja se crismar e também quando contraiu matrimônio.

NORA   (*abraçando-a pela cabeça*) Minha velha Anne-Marie, fostes uma boa mãe para mim quando era pequena.

BABÁ   Minha pequena Nora, coitada, não teve outra mãe além de mim.

NORA   E se os pequeninos não tivessem uma outra mãe eu bem sei que tu irias... Que tolices estou dizendo. (*abrindo a caixa*) Vá até eles. Agora preciso... Amanhã verás como estarei linda.

BABÁ	Não haverá no baile inteiro alguém tão linda quanto a senhora Nora.
	(*Ela se vai pelo aposento à esquerda.*)
NORA	(*começa a abrir a caixa, mas logo deixa-a de lado*) Oh, se ao menos eu ousasse sair. Se ninguém viesse dar as caras. Se nada sucedesse aqui em casa enquanto isso. Tolices. Ninguém virá. É só não pensar. Vou escovar minha estola. Que lindas luvas, que lindas. Deixe disso, não pense nisso! Um, dois, três, quatro, cinco, seis... (*gritando*) Ah, estão chegando... (*faz menção de ir-se à porta, mas hesita*)
	(*A senhora Linda surge pela antecâmara, onde deixou seu casaco.*)
NORA	Oh, é você, Kristine. Não há mais alguém lá fora? Que bom que veio.
SRA. LINDE	Disseram-me que esteve a minha procura.
NORA	Sim, há pouco. Preciso que me ajude em algo. Vamo-nos sentar aqui no sofá. Veja só. Haverá um baile à fantasia amanhã à noite em casa do cônsul Stenborg, e agora Torvald me quer de pescadora napolitana para dançar a tarantela, que aprendi em Capri.
SRA. LINDE	Ora, ora. Teremos então uma apresentação de dança?
NORA	Se Torvald diz, cabe a mim apenas obedecer. Veja, eis aqui o traje que Torvald mandou fazer para mim na Itália. Mas agora está tão roto, não sei nem...
SRA. LINDE	Oh, vamos deixá-lo novinho sem demora. São apenas algumas costurinhas que soltaram aqui e ali. Agulha e linha? Pronto, aqui temos o que precisamos.
NORA	Oh, quão gentil da sua parte.

SRA. LINDE (*costurando*) Então, irá aprontar-se toda amanhã, Nora? Sabe... Estou pensando em vir aqui para apenas vê-la. Mas esqueci completamente de agradecê-la pela noite maravilhosa de ontem.

NORA (*levanta-se e atravessa a sala*) Oh, ontem estava tudo tão perfeito, como de hábito... Deveria ter vindo à cidade um pouco antes, Kristine... Sim, Torvald sabe muito bem como deixar uma casa bela e agradável.

SRA. LINDE E você tampouco, penso eu. Não é por acaso que é filha do seu pai. Mas diga-me, o doutor Rank é sempre tão taciturno como estava ontem?

NORA Não, ontem me pareceu por demais tristonho. Mas, pudera, ele é portador de uma doença muito insidiosa. Tem uma degeneração na espinha, coitado. Preciso dizer-lhe que seu pai era um homem abjeto, que tinha amantes e quetais. E por isso o filho adoentou-se ainda em criança, veja bem.

SRA. LINDE (*interrompendo a costura*) Mas, minha querida Nora, como pode saber de tais coisas?

NORA (*caminhando em volta*) Pfff... Quando se tem três filhos é comum receber visitas, aqui e ali... de senhoras, que têm conhecimento de assuntos médicos. E dão com a língua nos dentes.

SRA. LINDE (*retoma a costura; breve silêncio*) O doutor Rank vem diariamente a esta casa?

NORA Todo santo dia. Ele é o melhor amigo de infância de Torvald, e *meu* amigo também. O doutor Rank é de casa.

SRA. LINDE   Pois diga-me: esse homem é mesmo sincero? Quero dizer, não lhe parece que ele se esforça para deixar as pessoas à vontade?

NORA   Não, ao contrário. O que lhe faz pensar desta forma?

SRA. LINDE   Quando nos conhecemos, ontem, ele me garantiu que sempre ouvia falar meu nome aqui nesta casa. Mas então reparei que seu marido não fazia ideia de quem eu era. Como poderia então o doutor Rank...?

NORA   Está correto, Kristine. Torvald é tão indescritivelmente apaixonado por mim que me quer só para si, como ele costuma dizer. De princípio, ele até sentia ciúmes só de eu mencionar o nome de algum ente querido nesta casa. Naturalmente, eu abandonei este hábito. Mas com o doutor Rank eu posso assuntar destas coisas, pois ele até faz gosto em ouvir, veja bem.

SRA. LINDE   Escute, Nora. Em muitos aspectos, você ainda é uma criança. Eu, que sou bem mais velha, tenho um pouco mais de experiência. Deixe-me dizer-lhe algo: devia parar com essa história de doutor Rank.

NORA   Parar com o que exatamente?

SRA. LINDE   Com uma coisa e outra, penso eu. Ontem mencionaste um admirador rico, que lhe daria dinheiros...

NORA   Sim, um que não existe... infelizmente. Mas e daí?

SRA. LINDE   O doutor Rank tem posses?

NORA   Sim, as tem.

SRA. LINDE   E ninguém para cuidar?

NORA   Não, ninguém, mas...

SRA. LINDE   E acorre todos os dias a esta casa?

NORA Sim, foi o que lhe disse.

SRA. LINDE Mas como pode um homem tão fidalgo ser tão insensato?

NORA Não compreendo o que quer dizer.

SRA. LINDE Não me venha com fingimentos, Nora. Não acha que eu percebi quem lhe emprestou as mil e duzentas espécies?

NORA Está fora de si? Como pode pensar tal coisa! Um amigo nosso, que nos visita diariamente! Não se dá conta quão embaraçoso seria?

SRA. LINDE Quer dizer que não foi ele?

NORA Não, posso lhe asseverar. Nem por um instante me passou pela cabeça... Ele nem teria esta soma para emprestar naquele tempo. Ele veio a herdá-la depois.

SRA. LINDE Pois bem, sorte sua, minha cara Nora.

NORA Não, jamais me ocorreria pedir ao doutor Rank... Embora esteja bem certa que, se lhe pedisse, ele sem dúvidas...

SRA. LINDE Mas isso não o fará, naturalmente.

NORA Não, naturalmente. Não acho, quero crer, que seja necessário. Mas estou bem certa de que, se falasse com o doutor Rank...

SRA. LINDE Pelas costas do seu marido?

NORA Devo também pôr um fim à outra coisa. *Também* é por trás das suas costas. Preciso acabar com tudo isto.

SRA. LINDE Sim, sim, foi o que eu disse ontem. Mas...

NORA	(*andando de um lado a outro*) Um homem lida melhor com tais coisas que uma mulher...
SRA. LINDE	Um homem que seja o seu, sim.
NORA	Conversa fiada. (*detém-se*) Quem paga tudo aquilo que deve não tem direito de resgatar sua promissória?
SRA. LINDE	Sem dúvida.
NORA	E então pode rasgá-la em mil pedaços e queimá-la... Apenas um bocado de papel imundo!
SRA. LINDE	(*olhando fixa para ela, afasta os apetrechos de costura e levanta-se lentamente*) Nora, você está escondendo algo de mim.
NORA	É a impressão que lhe dou?
SRA. LINDE	Sucedeu algo de ontem para hoje. Nora, o que é?
NORA	(*aproximando-se*) Kristine! (*escutando*) Psiu! Torvald está chegando. Ouça-me. Vá aonde estão as crianças agora. Torvald não suporta ver esses preparativos. Deixe que Anne-Marie irá ajudá-la.
SRA. LINDE	(*recolhendo os pertences*) Pois muito bem, mas não deixarei esta casa até termos acertado os pontos. (*Ela sai pela esquerda. Neste ínterim, Helmer surge da antecâmara.*)
NORA	(*vai recebê-lo*) Oh, tanto que eu o aguardava, querido Torvald.
HELMER	Era a costureira...?
NORA	Não, era Kristine. Ela veio me ajudar a ajustar o traje. Verá que estarei deslumbrante.
HELMER	Foi ou não uma boa ideia a minha?

NORA   Esplêndida! Mas também não serei eu gentil por dobrar-me à sua vontade?

HELMER   (*segura-a sob o queixo*) Gentil... Por dobrar-se à vontade do marido? Ora, ora, sua doidivanas, sei muito bem que fala apenas da boca para fora. Mas não irei contrariá-la. Quer provar seu traje, posso imaginar.

NORA   E você não quer trabalhar?

HELMER   Sim. (*exibindo uma pilha de papéis*) Olhe aqui. Fui ao banco... (*faz menção de ir ao gabinete*)

NORA   Torvald.

HELMER   (*estanca*) Sim.

NORA   E se a sua esquilinha lhe pedisse algo que muito deseja...?

HELMER   E o que seria?

NORA   Você a atenderia?

HELMER   Primeiro preciso naturalmente saber do que se trata.

NORA   A esquilinha serelepe correria pela casa inteira se você lhe fizesse este imenso favor.

HELMER   Desembuche.

NORA   A cotovia alegraria todos os cômodos com a sua doce melodia...

HELMER   Ora, mas não é como sempre cantam as cotovias?

NORA   Eu bancaria a fada e dançaria para ti sob a luz da lua, Torvald.

HELMER   Nora... Não é o mesmo pedido que me fizeste esta manhã?

NORA	(*aproximando-se*) Sim, Torvald, peço-te do fundo do meu *coração*!
HELMER	Está realmente disposta a trazer o assunto à baila novamente?
NORA	Sim, sim, você *precisa* me atender. *Precisa* consentir que Krogstad mantenha seu posto no banco.
HELMER	Minha querida Nora, o posto está prometido para a senhora Linde.
NORA	É de uma gentileza imensa da sua parte. Mas você bem pode demitir um outro empregado em vez de Krogstad.
HELMER	Mas és de uma obstinação inacreditável! Simplesmente porque resolveste prometer algo insensato agora eu deveria...!
NORA	Não é por isto, Torvald. É pelo seu próprio bem. Aquele homem escreve artigos nos piores jornais. Você mesmo o disse. Ele pode causar-lhe imenso mal. O que sinto por ele é um pavor quase mortal...
HELMER	A-há, eu compreendo. São memórias do passado que a apavoram.
NORA	O que quer dizer com isto?
HELMER	Naturalmente, está a pensar no seu pai.
NORA	Sim, é verdade. Lembre-se apenas do que essas criaturas tacanhas escreveram nos jornais sobre papai e assacaram contra a sua reputação daquela maneira. Acredito que tê-lo-iam demitido caso a repartição não tivesse designado a você para cuidar do caso, alguém sempre tão prestativo e disposto a ajudá-lo.

HELMER   Minha Norazinha, há uma diferença fundamental entre seu pai e eu. Seu pai não era um funcionário de reputação ilibada. Mas eu o sou. E assim espero seguir sendo enquanto exercer o cargo que exerço.

NORA   Oh, quem é que saberá do que são capazes aqueles homens tão vis? Justo agora que podemos desfrutar do recesso do nosso lar, sem mais atribulações... Você, eu e as crianças, Torvald. É por isto que lhe imploro do fundo do meu coração...

HELMER   É justamente o fato de interceder o que me impede de mantê-lo. Já é do conhecimento do banco que decidi afastar Krogstad. Caso reconsidere a minha posição, ficará evidente que o diretor do banco foi convencido do contrário pela esposa...

NORA   E daí...?

HELMER   Oh, mas claro. Agora a pequena obstinada quer porque quer impor sua vontade... Acaso terei que me expor ao ridículo diante de todos os empregados... Levar as pessoas a pensar que me dobro a todo o tipo de ingerências externas? Esteja certa de que não tardaria a sofrer as consequências! Além disto... Já há uma agravante que torna a presença de Krogstad, ao menos enquanto eu for diretor, absolutamente impossível no banco.

NORA   E o que seria?

HELMER   Seus desvios morais eu até poderia ignorar...

NORA   Sim, não é verdade, Torvald?

HELMER   E, segundo me dizem, ele é até um trabalhador bastante esforçado. Conheço-o desde que éramos jovens, porém foi uma daquelas amizades que soem tornar-se um estorvo com o passar dos tempos. Poderia até dizer que fomos amigos, mas aquele indivíduo sem escrúpulos não enxerga limites quando há outros por perto. Ao contrário... Ele se arvora no direito de me tratar como se ainda tivéssemos intimidade, chamando-me "Olá, meu velho Helmer" a cada instante. Não queira saber a extensão do meu constrangimento. Minha posição no banco findaria insuportável.

NORA   Torvald, não posso crer que esteja falando a sério.

HELMER   É mesmo? E por que não?

NORA   Porque tudo isto não passa de pequenezas.

HELMER   O que está a dizer, mulher? Pequenezas? Acha que sou dado a pequenezas?

NORA   Não, ao contrário, querido Torvald. E justamente por isso...

HELMER   Para mim, tanto se me dá. Você chama de pequenezas as minhas preocupações. Logo, só podem ser. Pequenezas! Ora, veja! Agora vamos pôr um ponto final nisto. (*vai à porta da antecâmara e grita*) Helene!

NORA   O que vai fazer?

HELMER   (*vasculhando os papéis*) Tomar uma decisão.

(*Entra a criada.*)

HELMER   Veja aqui. Tome esta carta. Leve-a imediatamente. Providencie um mensageiro e mande entregá-la. Mas rápido. O endereço está aí. Tome aqui um dinheiro.

CRIADA — Sim, senhor. (*Ela sai com a carta.*)

HELMER — (*ajuntando os papéis*) Veja aqui, senhorinha cabeça-dura.

NORA — (*sem fôlego*) Torvald... Que carta era aquela?

HELMER — A demissão de Krogstad.

NORA — Chame-a de volta, Torvald! Ainda há tempo. Oh, Torvald, chame-a de volta! Faça-o por mim... Pelo seu próprio bem, pelo bem das crianças! Está ouvindo, Torvald, chame-a já! Você não faz ideia do que isso pode acarretar a todos nós.

HELMER — Tarde demais.

NORA — Sim, tarde demais.

HELMER — Querida Nora, posso perdoar a ansiedade em que se encontra, ainda que no fundo seja um ultraje para comigo. Sim, um ultraje! Ou não é ultrajante crer que logo *eu* teria por que temer a vingança de um miserável daquela laia? Mas vou perdoá-la assim mesmo, pois agindo assim dá um testemunho eloquente do amor que me tem. (*toma-a nos braços*) Assim é como tem de ser, minha amada Nora. Sobrevenha-nos o que vier. É preciso, esteja certa, ter a coragem e as forças necessárias. Você verá que sou um homem capaz de suportar a tudo.

NORA — (*horrorizada*) O que quer dizer com isto?

HELMER — Tudo, é o que quero dizer...

NORA — (*recobrando-se*) Isto nunca, jamais, irás fazer.

HELMER	Muito bem. Então faremos nós dois, Nora... como marido e mulher. Assim será. (*acarinhando-a*) Está satisfeita agora? Ai, ai, ai. Não me dê este olhar de pombinha apavorada. Tudo isto não passa de meras impressões. Agora é hora de tornar à tarantela e ensaiar com o seu tamborim. Vou ao gabinete e fecharei a porta. Não ouvirei ruído algum. Pode fazer quanto barulho quiser. (*volta-se para a porta*) E quando vier aqui Rank, diga-lhe onde me encontrar.
	(*Ele lhe faz um meneio de cabeça, vai-se com papéis em mão para o gabinete e fecha a porta.*)
NORA	(*incrédula e ansiosa, fica imóvel e sussurra*) Ele teve a coragem de fazê-lo. A coragem. Apesar de tudo. Não, nunca, em tempo algum! Qualquer coisa, menos isto! Uma salvação... Uma alternativa... (*toca a sineta na antecâmara*). O doutor Rank...! Qualquer coisa, menos isto! *Qualquer* coisa, o que quer que seja!
	(*Ela esfrega as mãos no rosto, recompõe-se e vai abrir a porta da antecâmara. O doutor Rank está lá pendurando seu sobretudo de peles no gancho. A luz da tarde começa a escurecer.*)
NORA	Boa tarde, doutor Rank. Reconheci-o só pelo tom da sineta. Mas não deve ir ter com Torvald agora, creio que ele está ocupado.
RANK	E quanto à senhora?
NORA	(*tão logo ele adentra a sala e fecha a porta da antecâmara*) Oh, mas o senhor sabe muito bem... Para assuntar com o senhor sempre me sobra um tempinho.
RANK	Muito agradecido. Hei de desfrutar deste tempinho o quanto ainda me restar.

NORA   O que quer dizer com isto? O quanto lhe restar?

RANK   Sim. Deixei-a *assustada*?

NORA   São modos muito estranhos de expressar-se. Devo presumir algo?

RANK   Presuma o algo para o que há muito venho me preparando. Embora não acreditasse que fosse suceder tão cedo.

NORA   (*segurando-o pelo braço*) O que descobriu? Doutor Rank, diga-me já!

RANK   (*sentando-se próximo à lareira*) Para mim, agora é ladeira abaixo. Não há mais o que fazer.

NORA   (*respirando aliviada*) Mas então refere-se ao senhor...?

RANK   E houvera de referir-me a quem? De nada adianta mentir para mim mesmo. Sou eu o mais desgraçado dos meus pacientes, senhora Helmer. Por estes dias, houve uma piora generalizada do meu estado de saúde. Estou arruinado. Mais um mês e talvez eu esteja apodrecendo num cemitério.

NORA   Oh, que coisa horrível de dizer.

RANK   A situação é periclitante. E o pior é ainda ter que aturar tanto sofrimento antes de tudo degringolar de vez. Resta-me ainda proceder a um exame apenas. Depois dele já saberei o que me espera e quando começará a minha deterioração. Há algo que lhe quero dizer. Helmer, na sua boa natureza, tem uma completa aversão a tudo aquilo que é torpe. Não quero que esteja presente ao meu leito de morte...

NORA   Oh, mas doutor Rank...

RANK   Não o quero por perto. De modo algum. Trancarei a porta para que não entre. Tão logo eu tenha a completa certeza do pior, tratarei de lhe enviar um cartão de visitas rabiscado com uma cruz negra, e então a senhora saberá que o terrível fim terá chegado.

NORA   Não, hoje o senhor está impossível. Logo quando eu tanto gostaria que estivesse em melhor humor.

RANK   Com a morte em meu encalço? Ademais, tendo que pagar pelo pecado de um outro. Haverá justiça nisto? Em todas as famílias, de uma ou de outra maneira, chegará o dia da vingança implacável...

NORA   (*tapando os ouvidos*) Tolice! Falemos de frivolidades! Frivolidades!

RANK   Mas tudo isto que lhe digo não passa de frivolidades. Minha debilitada e inocente espinha sofre as consequências dos dias de frivolidade de meu pai.

NORA   (*sentando-se à mesa à esquerda*) Logo ele, tão adepto de aspargos e patê de fígado de ganso. Não é verdade?

RANK   Sim. E de trufas.

NORA   Sim, de fato. Trufas. E também de ostras, suponho?

RANK   Sim. Ostras, ostras, compreensivelmente.

NORA   E porto e champanha em grandes volumes para acompanhar. Uma lástima que um dia todas essas iguarias venham cobrar seu preço castigando-nos os ossos.

RANK   Especialmente quando estes ossos são a infeliz espinha dorsal de alguém que nunca em vida desfrutou delas.

NORA   Oh, sim, isto é o mais lamentável.

RANK	(*olhando-a admirado*) Hmm...
NORA	(*após breve pausa*) Por que sorri o senhor?
RANK	Não, foi a senhora quem sorriu.
NORA	Não, foi o senhor quem sorriu, doutor Rank!
RANK	(*levantando-se*) A senhora é ainda mais marota do que eu supunha.
NORA	Apenas sinto-me muito bem-humorada hoje.
RANK	Percebe-se.
NORA	(*impondo-lhe ambas as mãos sobre os ombros*) Meu caro doutor Rank, a morte não lhe visitará que a Torvald ou a mim.
RANK	A minha será uma perda muito breve superada. Quem parte logo é esquecido.
NORA	(*olhando-a angustiada*) Assim pensa o senhor?
RANK	As pessoas dão-se a novos relacionamentos e então...
NORA	A quem se refere agora?
RANK	É o que farão a senhora e Helmer quando eu houver partido. A senhora mesmo já está a meio caminho disto, creio eu. O que veio fazer aqui, esta senhora Linde, noite passada?
NORA	Ai, ai... Mas agora não me venha o senhor dizer que está com ciúmes da pobre Kristine?
RANK	Pois estou. Ela será minha sucessora aqui nesta casa. Quando meu dia chegar, talvez essa senhora...
NORA	Psiu. Não fale tão alto. Ela está ali dentro.
RANK	Hoje também? Aí está!

NORA	Apenas para remendar o meu traje. Por Deus, o senhor é muito disparatado. (*sentando-se no sofá*) Faça-me o favor, doutor Rank. Amanhã, verá como estarei linda para a minha dança. E então perceberá que tudo o que estou fazendo é para agradá-lo... Sim, e naturalmente para agradar a Torvald também... (*retirando cuidadosamente objetos de dentro da caixa*) Doutor Rank, sente-se aqui, quero dizer-lhe algo.
RANK	(*sentando-se*) O que é?
NORA	Veja aqui. Olhe!
RANK	Meias-calças!
NORA	Cor da pele. Não são *belíssimas*? Bem, já está tão escuro, mas amanhã... Não, não, não. O senhor verá apenas os meus pés. Está bem, pode dar uma espiadinha mais acima também.
RANK	Hmm...
NORA	Por que me olha tão severo? Não julga que me cairão bem?
RANK	É-me impossível tecer algum juízo sobre o assunto.
NORA	(*observa-o um instante*) Tenha modos. (*bate-lhe de leve no rosto com as meias-calças*) Tome isto. (*recolhendo-as*)
RANK	E que outros prodígios ainda estão reservados para os meus olhos?
NORA	Nem um a mais. Por ser tão malvado

(*Cantarolando enquanto remexe nos objetos.*)

RANK   (*após breve silêncio*) Enquanto estou aqui sentado em sua companhia ponho-me a pensar... Não, não consigo sequer imaginar... O que seria de mim se jamais houvesse frequentado esta casa.

NORA   (*sorrindo*) No fundo, acredito que o senhor sente-se muito à vontade conosco.

RANK   (*à meia-voz, com o olhar absorto*) E pensar que deixarei tudo isto para trás...

NORA   Tolice. O senhor não deixará nada para trás.

RANK   (*como dantes*) ... e não poder deixar sequer um preito de gratidão, nem mesmo um mísero remorso... nada, a não ser um vácuo a ser preenchido pelo primeiro que vier.

NORA   E se agora eu lhe pedisse um...? Não...

RANK   Um o quê?

NORA   Uma grande prova da sua amizade...

RANK   Pois não?

NORA   Não, quero dizer... Um favor incomensurável...

RANK   Por uma vez na vida, a senhora daria a *mim* esta imensa alegria?

NORA   Oh, mas o senhor não faz ideia do que se trata.

RANK   Pois então diga-me agora.

NORA   Mas não posso, doutor Rank. É algo tão tremendo... Um conselho, uma ajuda e um favor...

RANK   Tanto mais melhor. Não posso conceber o que a senhora tenciona. Pois então diga-me. Não tenho a sua confiança?

NORA Como nenhum outro. O senhor é meu mais fiel e melhor amigo, sabe-o muito bem, e, portanto, lho direi. Pois bem, doutor Rank. Há algo que precisa me ajudar a evitar. O senhor sabe o amor intenso que Torvald devota à minha pessoa. Ele não hesitaria um átimo em dar a própria por mim.

RANK (*inclinando-se em sua direção*) Nora... Acredita que ele seria o único...?

NORA (*afetando surpresa*) Que...?

RANK Que de bom grado daria a vida por sua causa?

NORA (*entristecida*) Sem dúvidas.

RANK Jurei a mim mesmo que a senhora deveria saber, antes que eu me vá. E melhor oportunidade não haverá... Sim, Nora, agora já o sabe. E agora sabe também que pode fiar-se a mim como a nenhum outro.

NORA (*levantando-se, determinada e serena*) Deixe-me ir.

RANK (*deixa-a passar, mas permanece sentado*) Nora...

NORA (*junto à porta da antecâmara*) Helene, traga a lâmpada. (*dirigindo-se à lareira*) Ah, meu caro doutor Rank, isto foi terrível de sua parte.

RANK (*levantando-se*) Eu tê-la amado tão intensamente, como nenhum outro? É *isto* algo terrível?

NORA Não, mas o fato de tê-lo me dito. Não era absolutamente necessário...

RANK O que quer dizer? A senhora então o sabia...? (*A criada chega com a lâmpada, a depõe sobre a mesa e vai-se embora.*)

RANK Nora... Senhora Helmer... Eu lhe pergunto: a senhora desconfiava de algo?

NORA   Ora, como saber se desconfiava eu não? Em verdade, não tenho como lhe dizer... O senhor, às vezes, é tão confuso, doutor Rank! Estávamos indo tão bem.

RANK   Justo agora, que sabe de tudo e assumiu o controle do meu corpo e da minha alma, a senhora recusa-se a me dizer.

NORA   (*olhando para ele*) Depois disto?

RANK   Eu lhe imploro, deixe-me saber o que é.

NORA   Nada que o senhor possa saber neste instante.

RANK   Por favor. Não me castigue desta maneira. Deixe-me fazer por si tudo o que estiver ao meu alcance neste mundo.

NORA   Não há agora o que possa fazer por mim... Além do quê, eu não careço de ajuda alguma. O senhor verá que tudo não passa de impressões da minha parte. Evidentemente que sim. Naturalmente! (*senta-se na cadeira de balanço, olha para ele, sorri*) O senhor é um homem e tanto, doutor Rank. Agora, que nos alumia a luz desta lâmpada, não sente vergonha?

RANK   Não. Em verdade, não. Mas quem sabe eu devesse ir-me... para sempre?

NORA   Não, em absoluto. Deve continuar frequentando aqui como antes. O senhor sabe muito bem que Torvald sentirá sua falta.

RANK   Sim, mas e quanto à *senhora*?

NORA   Oh, eu sentirei o mesmo enorme prazer da sua presença.

RANK	É isto que me faz desviar do bom caminho. A senhora é para mim um enigma. Tantas vezes pensei que a senhora aprecia a minha companhia tanto como a de Helmer.
NORA	Veja o senhor, há pessoas às quais somos muito afeitas, e outras as quais gostamos apenas de estar junto.
RANK	Sim, há algo de verdadeiro nisto.
NORA	Quando vivia em casa, sempre fui muito próxima a papai, naturalmente. Mas achava tremendamente divertido intrometer-me no aposento das criadas. Nunca me quiseram dar lições de moral, e conversavam abertamente sobre assuntos tão divertidos.
RANK	A-há. Então foi o lugar *delas* que eu ocupei.
NORA	(*levanta-se num sobressalto e vai até ele*) Oh, meu bom e querido doutor Rank, não foi o que quis dizer. Mas o senhor deve saber que, para mim, estar com Torvald é como estar com papai...
	(*A criada vem da antecâmara.*)
CRIADA	Senhora! (*sussurrando e entregando-lhe um cartão*)
NORA	(*examinando de esguelha o cartão*) Ah! (*enfia-o no bolso*)
RANK	Algo errado?
NORA	Não, não, de maneira alguma. É apenas algo... É coisa do meu novo traje...
RANK	Como? Seu traje está bem aqui.
NORA	Oh, sim este. Mas é outro. Que encomendei... Torvald não pode saber...
RANK	A-há, então temos aqui um grande segredo.

NORA	Sem dúvida. Não quer entrar e vê-lo? Está no gabinete. Mantenha-o entretido enquanto...
RANK	Acautele-se. Não o deixarei escapar.

(*Adentra o gabinete de Helmer.*)

NORA	(*para a criada*) Ele me aguarda na cozinha?
CRIADA	Sim, subiu pela escada dos fundos...
NORA	Mas não lhe disse que havia visita?
CRIADA	Sim, mas de nada adiantou.
NORA	Ele não quis ir-se embora?
CRIADA	Não, disse que não vai enquanto não tiver com a senhora.
NORA	Então faça-o entrar. Mas em silêncio. Helene, não diga nada a ninguém. É uma surpresa para o meu marido.
CRIADA	Sim, senhora. Compreendo... (*Ela sai.*)
NORA	Uma tragédia. O infortúnio, afinal. Não, não, não, não pode ser. Não pode.

(*Ela vai e aferrolha a porta do gabinete de Helmer. A criada abre a porta da antecâmara para o advogado Krogstad e deixa-o entrar. Ele traja casaco de neve, botas de cano alto e gorro de pele.*)

NORA	(*indo em sua direção*) Fale baixo. Meu marido está em casa.
KROGSTAD	E daí? Pouco se me dá.
NORA	O que deseja de mim?
KROGSTAD	Quero inteirar-me de algo.
NORA	Pois avexe-se. O que é?

KROGSTAD   A senhora já deve saber da minha demissão.

NORA   Não pude impedi-la, senhor Krogstad. Batalhei ao máximo pela sua causa, mas foi em vão.

KROGSTAD   Seu marido lhe tem em tão pouca consideração? Ele sabe o que sou capaz de lhe fazer, e mesmo assim ousa...

NORA   Como pode presumir que ele sabe de tais coisas?

KROGSTAD   Não presumi coisa alguma. Não seria nada típico do meu bom Torvald Helmer demonstrar tanta bravura...

NORA   Senhor Krogstad, exijo o respeito para com o meu marido.

KROGSTAD   Deus do céu, todo o devido respeito. Mas já que guardou o assunto inteiramente para si, ouso supor que a senhora tem, hoje melhor que ontem, uma ideia mais clara das implicações da sua conduta.

NORA   Melhor, aliás, do que o *senhor* jamais seria capaz de me explicar.

KROGSTAD   Pudera, um jurista tão incompetente como sou...

NORA   O que quer de mim?

KROGSTAD   Apenas inteirar-me de como tem passado, senhora Helmer. Passei o dia inteiro pensando na senhora. Um tratante, um usurário, um... bem, alguém como eu também tem um vestígio de bondade no coração, veja a senhora.

NORA   Então dê mostras disto. Pense nos meus pequeninos.

KROGSTAD A senhora e seu marido têm pensado nos meus? Mas agora tanto se me dá. Gostaria apenas de dizer-lhe que não carece de levar este assunto tão a sério. Não haverá, de princípio, nenhum tipo de acusação de minha parte.

NORA Oh, não, não é verdade? Eu bem sabia.

KROGSTAD Tudo pode ser resolvido amigavelmente. Nem tampouco é necessário que seja do conhecimento de outrem. Fica tudo apenas entre nós três.

NORA Meu marido jamais deve saber deste assunto.

KROGSTAD Como a senhora poderá impedi-lo de saber? Talvez possa pagar o que ainda me resta?

NORA Não tão já.

KROGSTAD Ou talvez tenha uma alternativa para obter o dinheiro por esses dias?

NORA Nenhuma alternativa que se me ocorra.

KROGSTAD Em todo caso, não lhe serviria de nada neste instante. Se lhe sucedesse de ter tanto dinheiro em mão, eu não consideraria jamais resgatar a sua promissória.

NORA Então queira me explicar o que irá fazer com ela.

KROGSTAD Quero apenas mantê-la... À minha disposição. Ninguém estranho ao assunto jamais saberá a mais mínima notícia dele. Portanto, caso a senhora estiver cogitando alguma outra solução precipitada...

NORA Sim, eu estou.

KROGSTAD ... se houver cogitado até mesmo abandonar o lar...

NORA Sim, eu cogitei!

KROGSTAD ... ou mesmo se chegou a pensar em algo ainda pior...

NORA Como pode o senhor saber?

KROGSTAD ... desista da ideia.

NORA Como pode saber que pensei *nisso*?

KROGSTAD A maioria de nós pensa *nisso* para começar. Eu também pensei. Mas faltou-me a coragem...

NORA (*embargando a voz*) Eu tampouco.

KROGSTAD (*aliviado*) Não é mesmo? Faltou-lhe também a coragem?

NORA Não a tenho. Não a tenho.

KROGSTAD Seria também uma tremenda estultícia. Uma vez que a primeira tempestade doméstica amainar... Aqui tenho no bolso uma carta endereçada a seu marido...

NORA Contando-lhe tudo?

KROGSTAD Na expressão mais leniente possível.

NORA (*rapidamente*) Esta carta ele não pode ler. Rasgue-a agora mesmo. Eu farei o dinheiro lhe chegar às mãos afinal.

KROGSTAD Perdoe-me, senhora, mas creio que acabei de lhe dizer...

NORA Oh, não estou mais falando do dinheiro que lhe devo. Deixe-me saber a soma que deseja do meu marido para que eu obtenha os dinheiros.

KROGSTAD Não desejo soma alguma proveniente do seu marido.

NORA E o que deseja então?

KROGSTAD A senhora saberá. Desejo a minha reabilitação. Quero seguir em frente na vida e seu marido irá ajudar-me. No último ano e meio, minha conduta foi absolutamente ilibada, a despeito das circunstâncias as mais severas com que tive que lidar. Com a consciência limpa fiz o meu trabalho, um passo após o outro. Agora que me afastei de tudo aquilo, não quero novamente depender da misericórdia alheia. Quero retomar o rumo da minha vida, estou lhe dizendo. Quero trabalhar no banco novamente... ter um ordenado maior. Seu marido arranjará uma posição para mim...

NORA Isso ele jamais o fará!

KROGSTAD Ele o fará. Eu o conheço. E não ousará protestar. Logo, logo estarei lá, junto com ele, a senhora verá! Em menos de um ano, serei o braço direito do diretor. Será Nils Krogstad e não Torvald Helmer quem dirigirá o Banco de Ações.

NORA Eis uma coisa que jamais sucederá!

KROGSTAD A senhora talvez não queira...?

NORA Agora eu tenho a coragem para isso.

KROGSTAD Oh, a senhora não me amedronta. Uma fina dama, paparicada como a senhora...

NORA O senhor verá. Espere e verá!

KROGSTAD Sob a neve, talvez? Sob a água fria e empretecida de carvão? Depois, quando a primavera chegar, feia, irreconhecível, com o cabelo desgrenhado...

NORA O senhor não me amedronta.

KROGSTAD   A senhora tampouco a mim. Essas coisas não se fazem, senhora Helmer. Além do mais, com que proveito? Eu o terei aqui no meu bolso de todo modo.

NORA   E depois? Quando eu não mais...?

KROGSTAD   Esquece-se a senhora que a *sua* reputação está agora nas *minhas* mãos? (*Nora estanca desiludida e olha para ele.*)

KROGSTAD   Pois sim, a senhora está advertida. Não vá fazer nenhuma tolice. Aguardarei Helmer despachar um mensageiro assim que receber a minha carta. E lembre-se muito bem que foi seu próprio marido quem me forçou a tomar este caminho. Por isto, eu jamais o perdoarei. Até breve, senhora.

(*Ele sai pela antecâmara.*)

NORA   (*entreabre a porta e escuta*) Ele foi. Está pondo a carta na caixa do correio. Oh, não, não pode ser possível! (*vai abrindo a porta cada vez mais*) O que é? Ele está lá fora. Não desceu as escadas. Terá reconsiderado? Será que...?

(*Uma carta é depositada na caixa do correio. Em seguida, ouvem-se os passos de Krogstad descendo os degraus.*)

NORA   (*abafando um grito, precipita-se na direção da mesinha de centro. Breve pausa.*) Na caixa do correio. (*espreitando-se à porta da antecâmara*) Lá está... Torvald, Torvald... Agora findaram as nossas esperanças!

SRA. LINDE   (*com um traje nas mãos surge pelo aposento à esquerda*) Pronto, já não há o que remendar. Talvez devêssemos fazer uma prova...?

NORA   (*num sussurro áspero*) Kristine, venha cá.

SRA. LINDE	(*atirando as roupas no sofá*) O que se passou? Você parece preocupada.
NORA	Venha cá. Vê aquela carta? *Ali.* Veja... Pela vitrina da caixa de correio.
SRA. LINDE	Sim, sim, estou vendo.
NORA	Aquela carta é de Krogstad...
SRA. LINDE	Nora... Foi Krogstad quem lhe emprestou os dinheiro!
NORA	Sim, e agora Torvald está prestes a saber de tudo.
SRA. LINDE	Oh, creia-me, Nora, será melhor para vocês dois.
NORA	Há mais coisas que não sabe. Forjei uma assinatura...
SRA. LINDE	Em nome do bom Deus...?
NORA	Tudo que lhe quero pedir, Kristine, é que testemunhe em meu favor.
SRA. LINDE	Testemunhar como? O que devo...?
NORA	Caso eu perca o juízo... Pode muito bem suceder...
SRA. LINDE	Nora!
NORA	Ou caso eu não possa estar aqui... Se algo vier a me suceder, por exemplo...
SRA. LINDE	Nora, Nora, você está fora de si!
NORA	E se acaso alguém queira assumir toda a responsabilidade pelo ocorrido, toda a culpa, compreende...
SRA. LINDE	Sim, mas o que lhe faz pensar...?
NORA	Então você deverá dizer que é verdade, Kristine. Não estou fora de mim. Estou no meu juízo completo agora. E lhe digo: ninguém mais sabia disto. Eu tudo fiz sozinha. Lembre-se bem.

SRA. LINDE   Lembrar-me-ei. Mas não compreendo nada disto aqui.

NORA   Oh, e como poderia? É um prodígio o que está para acontecer.

SRA. LINDE   Um prodígio?

NORA   Sim, uma maravilha. Mas é terrível, Kristine. Simplesmente *não* pode acontecer, por nada neste mundo.

SRA. LINDE   Vou lá dentro contar a Krogstad.

NORA   Não vá. Ele irá magoá-la.

SRA. LINDE   Houve um tempo que ele faria de bom grado qualquer coisa por mim.

NORA   Ele?

SRA. LINDE   Onde ele mora?

NORA   Oh, como saberei...? Ah, sim (*vasculhando o bolso*), aqui está o cartão dele. Mas a carta, a carta...!

HELMER   (*dentro do gabinete, bate à porta*) Nora!

NORA   (*grita de pavor*) Oh, o que é? O que deseja comigo?

HELMER   Calma, calma, não fique nervosa. Não podemos passar. Você trancou a porta. Está provando o traje, talvez?

NORA   Sim, estou fazendo uma prova. Vou ficar tão linda, Torvald.

SRA. LINDE   (*após ter lido o cartão*) Ele mora logo aqui na esquina.

NORA   Sim, mas de nada adianta. Estamos perdidos. A carta está na caixa.

SRA. LINDE   E seu marido está com a chave?

NORA   Sim, sempre.

SRA. LINDE	Krogstad precisa receber de volta o envelope intacto para ter um pretexto...
NORA	Mas justo agora que Torvald costuma...
SRA. LINDE	Detenha-o. Vá aonde ele está. Eu retornarei o quanto antes.

(*Ela sai rapidamente pela porta da antecâmara.*)

NORA	(*vai ao gabinete, abre a porta e espia lá dentro*) Torvald!
HELMER	(*ao fundo*) Posso finalmente aventurar-me na minha própria sala de estar? Venha, Rank, agora veremos... (*no vão da porta*) Mas o que é isto?
NORA	O quê, meu querido Torvald?
HELMER	Rank advertiu-me que teria uma visão deslumbrante.
RANK	(*rente à porta*) Foi o que pensei, mas creio que foi um equívoco
NORA	Sim, o esplendor da minha beleza estará oculto até o dia de amanhã.
HELMER	Mas, minha querida Nora, parece tão extenuada. Não terá ensaiado em demasia?
NORA	Não, sequer comecei a ensaiar ainda.
HELMER	Será necessário...
NORA	Absolutamente necessário, Torvald. Mas não chegarei a lugar algum sem sua ajuda. Esqueci-me de tudo.
HELMER	Oh, logo vamos refrescar esta memória.
NORA	Ajude-me, Torvald. Promete-me? Estou tão nervosa. Dançar para tanta gente... Espero que faça um sacrifício por mim esta noite. Nada de negócios. Não quero vê-lo de pena à mão. Hein? Não é, meu querido?

HELMER	Dou-lhe minha palavra. Esta noite estarei ao seu dispor, minha pobrezinha... Hmmm, é verdade, antes preciso... (*vai na direção da antecâmara*)
NORA	O que quer lá fora?
HELMER	Apenas verificar se chegou correspondência.
NORA	Não, não faça isso, Torvald!
HELMER	O que foi agora?
NORA	Torvald, eu lhe peço. Não há carta alguma.
HELMER	Deixe-me ver então. (*faz menção de ir*) (*Nora, ao piano, toca as primeiras notas da tarantela.*)
HELMER	(*junto à porta, estanca*) A-há!
NORA	Não poderei dançar amanhã se não ensaiar comigo.
HELMER	(*chega-se até ela*) Está tão nervosa assim, minha querida?
NORA	Inteiramente. Vamos ensaiar já. Ainda temos tempo antes da refeição. Sente-se e toque para mim, querido Torvald. Corrija-me e faça as críticas de costume.
HELMER	Com prazer, com prazer, já que tanto deseja. (*Ele senta-se ao piano.*)
NORA	(*apanha o tamborim do interior da caixa e um longo xale bordado, com o qual se envolve; em seguida salta adiante e diz em voz alta*) Agora toque para mim! Agora quero dançar! (*Helmer toca e Nora dança; o doutor Rank, ao piano, observa.*)
HELMER	(*tocando*) Mais devagar... Mais devagar.
NORA	Não sei fazer de outra maneira.

HELMER	Não tão brusco, Nora!
NORA	É assim que deve ser.
HELMER	(*interrompendo-se*) Não, não é nada disto.
NORA	(*rindo e agitando o tamborim*) Não foi como lhe disse?
RANK	Deixe-me tocar para ela.
HELMER	(*levantando-se*) Sim, toque, que assim posso corrigi-la melhor.
	(*Rank senta-se ao piano e toca; Nora dança cada vez mais agitada. Helmer estacionou junto à lareira de onde faz comentários à medida que dança, mas ela parece não lhe dar ouvidos; seus cabelos desatam e caem sobre os ombros; ela segue inalterada dançando. A senhora Linde adentra a sala.*)
SRA. LINDE	(*estanca incrédula junto à porta*) Ah...!
NORA	(*dançando*) Veja como é divertido, Kristine.
HELMER	Minha querida Nora, você dança como se fosse a última coisa que fizesse na vida.
NORA	Não é mesmo?
HELMER	Rank, pare. Isto é uma completa loucura. Pare, estou dizendo.
	(*Rank para de tocar e Nora interrompe-se bruscamente.*)
HELMER	(*vai até ele*) Jamais poderia acreditar no que vejo. Você esqueceu tudo o que lhe ensinei.
NORA	(*deixando cair o tamborim*) Você viu com os próprios olhos.
HELMER	Realmente, ela precisa de uma orientação.

NORA	Não vê agora como era necessário? É preciso que me ensine tudo novamente. Promete que irá, Torvald?
HELMER	Esteja certa que sim.
NORA	Nem hoje nem amanhã pensarás em outra coisa a não ser em mim. Não abrirás correspondência alguma... Nem mesmo a caixa do correio...
HELMER	Ai, ai, ainda nervosa por causa daquele homem...
NORA	Oh, sim, também por isto.
HELMER	Nora, olhando para ti posso até dizer que há ali uma carta remetida por ele.
NORA	Não sei. Creio que sim. Mas não deves ler tais coisas agora. Nada de ruim deve haver entre nós antes que tudo isto tenha passado.
RANK	(*à meia-voz, para Helmer*) Melhor não contrariá-la.
HELMER	(*abraçando-a*) Vou atender os caprichos da minha criança. Mas amanhã à noite, depois que tiver dançado...
NORA	Então estarás livre.
CRIADA	(*na porta à direita*) Senhora, a mesa está posta.
NORA	Tomaremos um champanha, Helene.
CRIADA	Muito bem, senhora. (*sai*)
HELMER	Ora, ora... Um banquete, teremos?
NORA	Um banquete regado a champanha até o dia raiar. (*em voz alta*) E alguns *macarons*, Helene... Muitos, para variar.
HELMER	(*tomando-a pelas mãos*) Epa, epa, epa. Não fique tão nervosa e agitada. Torne a ser a minha pequena cotovia de sempre.

NORA   Oh, sim, tornarei. Mas queira entrar agora. E o senhor também, doutor Rank. Kristine, ajude-me aqui a ajeitar o meu cabelo.

RANK   (*sussurra enquanto caminham*) Quero crer que não há nada... Digo, ela não está preparando algo?

HELMER   Oh, longe disto, meu caro. Não é nada a não ser essa ansiedade infantil de que lhe falei.

                (*Eles saem pela direita.*)

NORA   E então!?

SRA. LINDE   Viajou ao interior.

NORA   Pude ver pela expressão no seu semblante.

SRA. LINDE   Tornará à casa amanhã à noite. Escrevi-lhe um bilhete.

NORA   Não deveria. Não deve impedir coisa alguma. No fundo, é um grande júbilo tudo isto, estar à espera do prodígio.

SRA. LINDE   O que tanto está a esperas?

NORA   Oh, você jamais entenderia. Acompanhe-os lá dentro. Seguirei em um instante.

                (*A senhora Linde vai à sala de jantar.*)

NORA   (*passa um instante como para se recompor; em seguida consulta o relógio*) Cinco. Sete horas até a meia-noite. E, então, vinte e quatro horas até a próxima meia-noite. E, então, a tarantela terá chegado ao fim. Vinte e quatro e sete? Trinta e uma horas para viver.

HELMER   (*da porta à direita*) Mas que fim levou a minha cotovia?

NORA   (*dirigindo-se a ele de braços abertos*) Ei-la aqui!

TERCEIRO ATO

Mesmo aposento. Rodeada de cadeiras, a mesa de centro foi arrastada para o centro da sala. Uma lâmpada arde sobre ela. A porta da antecâmara está aberta. Ouve-se uma música dançante do andar superior.

A senhora Linde senta-se à mesa e folheia inadvertidamente um livro. Tenta ler, mas não consegue concentrar-se. Volta e meia dirige a atenção para a porta de entrada.

SRA. LINDE (*consultando o relógio*) Nada ainda. E está quase passando da hora. Se ele ao menos... (*apura os ouvidos*) Oh, é ele. (*ele vai à antecâmara e abre cuidadosamente a porta exterior; ouvem-se passos discretos pela escada; ela sussurra*) Entre. Não está ninguém.

KROGSTAD (*à porta*) Encontrei em casa um bilhete da senhora. O que significa isso?

SRA. LINDE Preciso falar ao senhor urgentemente.

KROGSTAD Verdade? E essa urgência precisa ocorrer aqui nesta casa?

SRA. LINDE Em minha casa seria impossível. Meu aposento sequer possui entrada. Entre. Estamos a sós. A criada dorme e os Helmers estão num baile no andar de cima.

KROGSTAD (*adentrando a sala*) Ora, ora. Os Helmers deram-se a dançar esta noite? É mesmo?

SRA. LINDE Sim, por que não?

KROGSTAD Oh, nada.

SRA. LINDE Pois bem, Krogstad, vamos conversar.

KROGSTAD Temos algum assunto a tratar?

SRA. LINDE Temos muito a tratar.

KROGSTAD Julgava que não.

SRA. LINDE Não, pois nunca me fiz compreender direito.

KROGSTAD O que mais havia a compreender a não ser uma assaz obviedade? Uma mulher cruel rejeita um homem quando se lhe ocorre uma oportunidade mais vantajosa.

SRA. LINDE O senhor julga que eu seja assim tão cruel? E crê mesmo que eu agi não sem um peso no coração?

KROGSTAD E não foi?

SRA. LINDE Krogstad, realmente pensa assim?

KROGSTAD Se não o fosse, por que sequer escreveu a mim, como antes fazia?

SRA. LINDE Não poderia ser de outra forma. Ao romper com o senhor, era minha obrigação pôr um fim em tudo o que sentia por mim.

KROGSTAD (*cerrando os punhos*) Muito bem. E tudo isto... tudo isto apenas pelo dinheiro!

SRA. LINDE O senhor não esqueça que eu tinha uma mãe inválida e dois irmãos caçulas. Não podíamos esperá-lo, Krogstad. Suas perspectivas não eram tão promissoras àquele tempo.

KROGSTAD É possível. Mas a senhora não tinha o direito de me largar por outro.

SRA. LINDE Na verdade, não sei. Por vezes, perguntei a mim mesma se tinha este direito.

KROGSTAD (*abaixando a voz*) Quando a perdi, foi como se o chão desabasse sob meus pés. Olhe para mim. Hoje não passo de um náufrago em meio aos destroços.

SRA. LINDE O socorro pode estar próximo.

KROGSTAD Ele esteve próximo. Mas veio a senhora e se interpôs no caminho.

SRA. LINDE A contragosto, Krogstad. Somente hoje descobri que ocuparia o seu lugar no banco.

KROGSTAD Creio na senhora, agora que me diz. Porém, uma vez que já o sabe, não renunciará por minha causa.

SRA. LINDE Não. Pois não lhe traria proveito algum.

KROGSTAD Oh, proveito, proveito. Eu o teria feito em seu lugar.

SRA. LINDE Aprendi a agir com sensatez. A vida e suas duras e amargas vicissitudes assim me ensinaram.

KROGSTAD E a vida ensinou a mim a não dar azo a discursos e promessas.

SRA. LINDE Então, a vida ensinou-lhe algo muito sensato. Mas em ações, o senhor crê?

KROGSTAD O que quer dizer?

SRA. LINDE O senhor disse que é um náufrago em meio aos destroços.

KROGSTAD Tenho minhas razões para dizê-lo.

SRA. LINDE Eu também sou uma náufraga em meio aos destroços. Ninguém a quem prantear, e ninguém a prantear por mim.

KROGSTAD A senhora assim escolheu.

SRA. LINDE Não havia escolhas a fazer então.

KROGSTAD Sim, mas e agora?

SRA. LINDE Krogstad, se nós, dois náufragos, pudéssemos nos dar as mãos.

KROGSTAD O que está dizendo?

SRA. LINDE *Dois* náufragos podem mais que apenas um.

KROGSTAD Kristine!

SRA. LINDE Por que julga que vim até a cidade?

KROGSTAD A senhora sugere que estava pensando em mim?

SRA. LINDE Preciso trabalhar se quiser levar adiante a vida. Todos os meus dias, até onde alcança a minha memória, venho trabalhando, e esta é a minha única felicidade. Mas agora estou sozinha no mundo, sinto-me tão terrivelmente vazia e abandonada. Trabalhar por si não é alegria alguma. Krogstad, dê-me alguém e alguém para quem eu possa trabalhar.

KROGSTAD Não posso crer. Não é nada, senão um exagerado senso de magnanimidade feminina que a compele a sacrificar-se a si mesma.

SRA. LINDE O senhor nunca reparou que eu sou exagerada?

KROGSTAD A senhora ousaria a tanto? Diga-me... A senhora tem ciência do meu passado?

SRA. LINDE Sim.

KROGSTAD E sabe os juízos que fazem de mim por aqui?

SRA. LINDE A mim, a impressão que me causou é que o senhor poderia ser um outro homem.

KROGSTAD Não tenho dúvidas.

SRA. LINDE E não é algo que ainda possa suceder?

KROGSTAD Kristine... Está a dizer isso de sã consciência? Sim, ainda é possível. Posso ver no seu semblante. A senhora tem mesmo a coragem...?

SRA. LINDE Preciso servir de mãe para alguém. E suas crianças carecem de uma mãe. Nós dois precisamos de um ao outro. Krogstad, no fundo eu creio no que dizes... Estou disposta a tudo contigo.

KROGSTAD (*segura-lhe as mãos*) Obrigado, obrigado, Kristine... Agora devo encontrar uma maneira de me soerguer aos olhos alheios... Ah, mas esqueci...

SRA. LINDE (*escutando*) Silêncio! A tarantela! Vá, vá!

KROGSTAD Por quê? O que é?

SRA. LINDE Não escuta esta dança lá em cima? Quando finar a dança eles virão.

KROGSTAD Oh, sim, pois então já me vou. Tudo foi em vão. Naturalmente, a senhora não está inteirada das medidas que tomei em relação aos Helmers.

SRA. LINDE Sim, Krogstad, estou inteirada.

KROGSTAD E mesmo assim teve a ousadia de...?

SRA. LINDE Sei bem aonde o desespero pode conduzir um homem como o senhor.

KROGSTAD Oh, se pudesse desfazer o que fiz!

SRA. LINDE O senhor bem poderia, pois sua carta ainda está na caixa do correio.

KROGSTAD Tem certeza disto?

SRA. LINDE Absoluta certeza. Mas...

KROGSTAD (*olha-a inquisitivo*) É isto que devo presumir? A senhora deseja salvar sua amiga a qualquer preço. Diga de uma vez. É isto?

SRA. LINDE Krogstad, quem uma vez se vendeu por um outro alguém jamais voltará a fazê-lo.

KROGSTAD Pedirei minha carta de volta.

SRA. LINDE Não, não.

KROGSTAD   Naturalmente que sim. Esperarei Helmer descer. Direi a ele que me devolva a carta... Que se trata apenas da minha demissão... Que não carece de lê-la...

SRA. LINDE   Não, Krogstad, o senhor não pedirá que lhe devolva a carta.

KROGSTAD   Mas, diga-me, não foi por isto que quis encontrar-se comigo aqui?

SRA. LINDE   Sim, no meu primeiro momento de desespero. Mas agora já se passa um dia, e desde então testemunhei o inacreditável dentro desta casa. Helmer precisa saber de tudo. Este segredo infeliz tem de vir à luz. A concórdia que deve reinar entre os dois é impossível neste ambiente de falsidades e mentiras.

KROGSTAD   Muito bem. Se a senhora estiver realmente determinada a tanto... Mas *uma* coisa eu posso fazer, e devo fazê-la já...

SRA. LINDE   (*escutando*) Apresse-se! Vá, vá! A dança terminou. Não estamos mais seguros agora.

KROGSTAD   Esperarei a senhora lá embaixo.

SRA. LINDE   Por favor. O senhor deve acompanhar-me até a porta de casa.

KROGSTAD   Nunca senti-me tão afortunado antes. (*Ele sai pela porta da frente. A porta entre a sala e a antecâmara permanece aberta.*)

SRA. LINDE   (*arruma um pouco o aposento e tem suas roupas de frio à mão*) Que reviravolta! Sim, que reviravolta! Alguém para quem trabalhar... para quem viver. Um lar para trazer alegria e conforto. É o que haverei de fazer... Quem dera se já viessem... (*escutando*) A-há, aqui estão. Preciso me vestir. (*põe chapéu e casaco.*)

(*Ouvem-se as vozes de Helmer e Nora do outro lado; o virar de uma chave e Nora sendo conduzida quase à força por Helmer pela antecâmara. Ela veste o traje italiano e está envolta num grande xale; ele está em traje de festa e tem um fraque negro sobre os ombros.*)

NORA (*ainda junto à porta, resistindo*) Não, não, não. Não aqui dentro! Quero voltar lá para cima. Não quero ir embora tão cedo.

HELMER Mas minha amada Nora...

NORA Eu lhe suplico, Torvald. Por tudo que lhe é mais precioso... Só mais uma hora!

HELMER Nem mais um minuto, minha doce Nora. Você sabe, tínhamos um acordo. Veja aqui. Já para a sala. Se ficar aqui irá apanhar um resfriado. (*Ele a conduz gentilmente, apesar de ela seguir resistindo.*)

SRA. LINDE Boa noite.

NORA Kristine!

HELMER O quê? Senhora Linde? Tão tarde por aqui?

SRA. LINDE Sim, desculpe. Queria tanto ver Nora trajada para a festa.

NORA Estava aqui esperando por mim?

SRA. LINDE Sim. Infelizmente, cheguei tarde demais. Você já havia subido. Então achei que não deveria ir-me embora antes de ter-lhe visto.

HELMER (*retirando o xale de Nora*) Sim, olhe para ela. É um colírio para os olhos. Não está maravilhosa, senhora Linde?

SRA. LINDE Não há a menor dúvida...

HELMER Não lhe parece deslumbrante? Era só o que se comentava durante a festa. Mas como é tenaz esta pequena... Que devemos fazer a respeito? Imagine que quase precisei recorrer à força para tirá-la dali.

NORA Oh, Torvald, irá se arrepender se não me permitir ficar um tiquinho mais, nem que fosse por uma meia hora apenas.

HELMER Está ouvindo, senhora? Ela dançou a sua tarantela... Fez um enorme sucesso... Muito merecido, aliás... Embora a apresentação tenha sido muito realista... Quero dizer... Um pouco mais do que permitiriam os restritos limites da arte. Mas não nos deixemos afetar por isto! A questão principal é... Ela triunfou. Um enorme triunfo. Como permitir, então, que permanecesse acolá depois disto? Arruinaria toda a mística. Nada disso. Pus esta linda caprichosa... Uma caprichosa de Capri, poderia até dizer... debaixo do braço e... Uma rápida volta pelo salão... Um meneio para um lado, para o outro e... como dizem nos romances... a visão daquela magia desapareceu. Um desfecho sempre deve ser momentoso, senhora Linde, mas é justo *isto* que não me faço compreender a Nora. Pfff, como está quente aqui dentro. (*joga o fraque sobre uma cadeira e abre a porta do gabinete*) Quê? Está escuro. Oh, sim. Naturalmente. Desculpe-me...

(*Vai lá dentro e acende algumas velas.*)

NORA (*sussurrando apressada e sem fôlego*) E então?!

SRA. LINDE (*segredando-lhe*) Conversei com ele.

NORA E daí...?

SRA. LINDE Nora... Você deve contar tudo ao seu marido.

NORA (*embargando a voz*) Eu sabia.

SRA. LINDE Não há nada a temer da parte de Krogstad. Mas é preciso que conte.

NORA Não contarei.

SRA. LINDE Então contará a carta.

NORA Obrigada, Kristine. Agora já sei o que fazer. Psiu...!

HELMER (*torna a entrar*) E então, senhora, já a admirou o suficiente?

SRA. LINDE Sim. E agora devo despedir-me.

HELMER O quê, mas tão já? Não são da senhora estes apetrechos de tricô?

SRA. LINDE (*apanhando-os*) Sim, obrigada. Já quase me esquecia.

HELMER A senhora também tricota?

SRA. LINDE Oh, sim.

HELMER Sabe, deveria em vez disso bordar.

SRA. LINDE Verdade? Por quê?

HELMER Sim, pois é muito mais elegante. Veja só. A senhora segura o bordando assim com a mão esquerda e em seguida conduz a agulha com a direita... assim... descrevendo um longo arco, não é mesmo...?

SRA. LINDE É bem capaz que sim...

HELMER Enquanto o tricô... ah, nunca chegará aos pés. Veja, as duas mãos juntas... As agulhas para cima e para baixo... Há um quê de minudência chinesa nisso tudo... Ah, foi um champanha realmente maravilhoso o que serviram.

SRA. LINDE Pois bem, boa noite, Nora, e já chega de tanta teimosia.

HELMER   Muito bem dito, senhora Linde!

SRA. LINDE   Boa noite, senhor diretor.

HELMER   (*acompanhando-a até a porta*) Boa noite, boa noite. Confio que a senhora chegará bem à casa? Faria gosto em acompanhá-la... Mas não é um trecho assim tão longo de caminhar. Boa noite, boa noite. (*ela vai; ele fecha a porta e torna a entrar*) Pronto, finalmente se foi. Que criatura mais maçante, aquela.

NORA   Não está exausto, Torvald?

HELMER   Não, nem um pouco.

NORA   Nem sente sono?

HELMER   De modo algum. Ao contrário, sinto-me extremamente animado. E você? É, você realmente aparenta estar cansada e sonolenta.

NORA   Sim, estou muito cansada. Acho que vou já dormir.

HELMER   Não vê? Não vê? Afinal, estava certo em não nos demorarmos mais.

NORA   Oh, sempre aquilo que faz é o certo.

HELMER   (*beijando-a na fronte*) Enfim, minha cotovia disse algo ajuizado. Mas não reparou como Rank estava bem-humorado esta noite?

NORA   Verdade? Estava? Mal conversei com ele.

HELMER   Tampouco eu. Mas havia tempos que não o percebia tão espirituoso. (*admirando-a um instante, em seguida aproximando-se*) Hmmm... É uma delícia tornar à casa novamente. Ficar a sós contigo... Oh, que mulherzinha mais fascinante!

NORA   Não me olhe assim, Torvald!

HELMER — Houvera de não admirar a minha propriedade valiosa? Este tesouro que é só meu, inteirinho, apenas meu para cuidar e guardar.

NORA — (*caminhando para o outro lado da mesa*) Não fales assim comigo esta noite.

HELMER — (*vai atrás*) Ainda tens a tarantela no sangue, posso sentir. E isto a torna ainda mais atraente. Escute! Os convidados estão indo embora. (*abaixando a voz*) Nora... Logo, logo a casa estará em completo silêncio.

NORA — Assim espero.

HELMER — Sim, não é verdade, minha amada Nora? Ah, sabes bem... Quando vamos juntos a uma festa, sabes por que evito falar a ti, mantenho-me afastado e apenas de quando em vez dirijo-te um olhar furtivo... Sabes por que faço assim? Porque assim fazendo imagino que és minha amante secreta, minha jovem prometida em segredo, e ninguém mais sabe que há algo entre nós dois.

NORA — Oh, sim, sim, sei. Sei muito bem que todos os teus pensamentos são para mim.

HELMER — E quando estamos para sair e cubro teus ombros juvenis com o xale... este pescocinho maravilhoso... então imagino que sejas minha jovem noiva logo após a bênção, que pela primeira vez trago-te para meu lar... que pela primeira vez estou a sós contigo... sozinho, apenas nós dois, minha pequena delícia! Esta noite inteira, não pensei em outra coisa que não em ti. Quando te vi dançando a tarantela... Meu sangue ferveu. Não pude mais conter-me... Por isso que te trouxe aqui para baixo tão cedo...

NORA	Vá agora, Torvald. Afaste-se de mim. Não desejo nada disto.
HELMER	O que quer dizer? Quer me pregar uma peça, minha pequena? Quer? Quer? Não sou seu maridinho...?

(*Batem à porta de entrada.*)

NORA	(*sobressaltada*) Escutou...?
HELMER	(*diante da antecâmara*) Quem é?
RANK	(*lá fora*) Sou eu. Consente-me entrar um instante?
HELMER	(*sussurrando indignado*) O que ele quer agora? (*em voz alta*) Espere um pouco. (*vai até a porta e destranca-a.*) Queira entrar, é muita gentileza nos fazer uma visita.
RANK	Achei que escutei sua voz e quis mesmo vir de passagem. (*olhando em volta*) Ah, sim. Estes aposentos tão familiares. Estão bem à vontade aqui neste calor agradável, vocês dois.
HELMER	Pareceu-nos que o prezado amigo também estava bastante à vontade lá em cima.
RANK	Esplêndida noite. E por que não estaria? Por que não desfrutar de todos os prazeres deste mundo? O quanto for possível, e enquanto for possível. O vinho estava incomparável...
HELMER	Em especial a champanha.
RANK	Também reparou? Incrível a quantidade que bebi.
NORA	Torvald também bebeu bastante champanha esta noite.
RANK	Verdade?
NORA	Sim. E sempre está de ótimo humor em seguida.

RANK   Ora, por que não desfrutar de uma bela noite depois de um dia tão proveitoso?

HELMER   Bem proveitoso? Infelizmente, quanto a isso nada posso dizer.

RANK   (*dá-lhe uma tapinha no ombro*) Mas é claro que pode!

NORA   Doutor Rank, pelo visto ocupou-se de uma investigação científica no dia de hoje.

RANK   Sim, justamente.

HELMER   Ora, ora. A pequena Nora mencionando investigações científicas!

NORA   E devo congratulá-lo pelos resultados?

RANK   Indubitavelmente.

NORA   Foram favoráveis, então?

RANK   Os melhores possíveis tanto para o médico como para o paciente... certeza.

NORA   (*intrigada, deixa escapar*) Certeza?

RANK   Absoluta certeza. Sendo assim, por que não me permitir uma noite agradável depois disso?

NORA   Foi a coisa mais certa a fazer, doutor Rank.

HELMER   Digo o mesmo. A menos que vá pagar o preço disto amanhã cedo.

RANK   Ora, nada nesta vida é de graça.

NORA   Doutor Rank... O senhor pelo visto aprecia bailes à fantasia?

RANK   Sim, quando as fantasias são tantas e tão distintas...

NORA   Diga-me: o que deveríamos nós dois trajar no próximo baile?

HELMER	Minha pequena desajuizada... Já está com o próximo baile em mente.
RANK	Nós dois? Pois vou dizê-la. A senhora poderia muito bem ser uma fada...
HELMER	Imagine onde encontrar uma fantasia para caracterizá-la assim.
RANK	Basta que sua esposa use os mesmos trajes que usa no dia a dia...
HELMER	Uma observação muito feliz de sua parte. Mas não nos poderia dizer qual seria a sua fantasia?
RANK	Sim, meu caro amigo, já sei exatamente o que trajar.
HELMER	E o que seria?
RANK	No próximo baile eu serei invisível.
HELMER	Uma tirada muito picaresca.
RANK	Existe um grande chapéu negro... Nunca ouviu falar no chapéu da invisibilidade? É só cobrir a cabeça com um destes e ninguém conseguirá vê-lo.
HELMER	(*disfarçando o riso*) É, você tem razão.
RANK	Acabei esquecendo completamente o que vim fazer aqui. Helmer, dê-me um charuto, um daqueles havanas escuros.
HELMER	Com satisfação. (*oferece-lhe a caixa de charutos*)
RANK	(*apanha um e corta-lhe a extremidade*) Obrigado.
NORA	(*acendendo um fósforo*) Deixe-me lhe dar um pouco de fogo.
RANK	Muito agradecido. (*ela segura o fósforo para ele, que acende o charuto*) E agora, adeus!

HELMER	Adeus, adeus, meu bom amigo!
NORA	Durma bem, doutor Rank.
RANK	Grato por desejar.
NORA	Deseje-me o mesmo.
RANK	À senhora? Ora, uma vez que me desejou a mim... Durma bem. E obrigado pelo fogo. (*Faz um meneio para ambos e se vai.*)
HELMER	(*abafando a voz*) Ele bebeu bastante.
NORA	(*absorta*) Talvez sim.
	(*Helmer tira o chaveiro do bolso e vai até a antecâmara*)
NORA	Torvald... O que quer aí?
HELMER	Preciso esvaziar a caixa do correio. Está bem cheia. Não haverá espaço para os jornais amanhã cedo...
NORA	Vai trabalhar esta noite?
HELMER	Sabe bem que não vou... O que é isto? Alguém andou mexendo na fechadura.
NORA	Na fechadura...?
HELMER	Sim, na fechadura. O que pode ter ocorrido? Não posso crer que as criadas...? Eis aqui um broche de cabelo partido. Nora, é seu...
NORA	(*rapidamente*) Então devem ter sido as crianças.
HELMER	Pois, então, trate de repreendê-las. Hmmm, hmmm... Consegui abri-la mesmo assim. (*esvazia o conteúdo e chama na direção da cozinha*) Helene? Helene, apague a lâmpada na entrada. (*Fecha a porta da antecâmara e vai para o gabinete.*)

HELMER — (*com a correspondência nas mãos*) Veja aqui. Uma pilha de cartas, repare. (*folheando-as*) Que seria isto?

NORA — (*junto a janela*) A carta! Oh, não, não, Torvald!

HELMER — Dois cartões de visita... De Rank.

NORA — Do doutor Rank?

HELMER — (*examinando-os*) *Doktor medicinæ* Rank. Estavam bem no alto. Ele deve tê-los enfiado aqui ao sair.

NORA — Há algo escrito neles?

HELMER — Uma cruz negra sobre o nome. Veja aqui. Que ideia mais lúgubre. Parece até que está participando a própria morte.

NORA — E é isto mesmo.

HELMER — Hein? Sabe de algo? Ele lhe disse alguma coisa?

NORA — Sim. Quando estes cartões chegassem seria sua despedida. Ele vai trancar-se em casa e morrer.

HELMER — Meu pobre amigo. Eu sabia que não o teríamos por perto por mais tempo. Mas tão cedo assim... E ainda recolhido ao lar como um animal ferido...

NORA — Quando sói ocorrer assim é melhor que ocorra sem palavras. Não é verdade, Torvald?

HELMER — (*andando em círculos*) Ele era tão presente aqui entre nós. Não posso imaginá-lo deixando-nos. Com seus sofrimentos e sua solidão ele fazia um contraste à nossa felicidade solar... Isto é, talvez seja melhor assim. Para ele, pelo menos. (*estanca*) E possivelmente também para nós, Nora. Doravante, só teremos um ao outro. (*abraçando-a*) Oh, minha amada esposa, sinto-me como se não pudesse abraçá-la forte o bastante. Sabe, Nora... Tantas vezes desejei que estivesses correndo um sério risco apenas para arriscar meu próprio sangue e tudo que tenho apenas por ti.

NORA (*desvencilhando-se, diz determinada*) Agora vá ler as suas cartas, Torvald.

HELMER Não, não esta noite. Quero ficar a teu lado, minha amada esposa.

NORA Com a morte do seu amigo a caminho...?

HELMER Tem razão. Isto abalou a nós dois. Algo terrível se interpôs entre nós, a ideia de morte e dos seus horrores. Devemos procurar aliviar nossos pensamentos. Até então... Cada um irá ao seu próprio aposento.

NORA (*entrelaçando-lhe as mãos no pescoço*) Torvald... Boa noite! Boa noite!

HELMER (*beijando-a na fronte*) Boa noite, minha pequena ave canora. Durma bem, Nora. Agora vou tratar de ler as cartas. (*Ele entra em seu gabinete com o a pilha de cartas e fecha a porta.*)

NORA (*olhos arregalados, tateia em volta, apanha o fraque de Helmer e cobre-se com ele, suspirando num fio de voz*) Nunca mais tornar a vê-lo. Nunca. Nunca. Jamais. (*cobre-se com o xale sobre a cabeça*) Jamais tornar a ver as crianças. Elas tampouco. Jamais. Jamais... Oh essa água gélida e escura. Oh, essas profundezas sem fim... Essa... Oh, quando tudo isso acabar... Agora ele a tem nas mãos. Agora está lendo a carta. Oh, não, não. Ainda não. Torvald, adeus a ti e as crianças.

(*Faz menção de precipitar-se pela porta da antecâmara; neste momento, Helmer abre a porta e surge com o envelope aberto na mão.*)

HELMER Nora!

NORA (*gritando*) Ah...!

HELMER O que é? Sabe o que há nesta carta?

NORA Sim, eu sei. Deixe-me ir. Deixe-me sair!

HELMER (*detendo-a*) Onde pensa que vai?

NORA (*tentando desvencilhar-se*) Não queiras me salvar, Torvald!

HELMER (*cambaleando*) É verdade? É verdade o que ele escreveu? Uma catástrofe! Não, não, é impossível que seja verdade.

NORA É a pura verdade. Eu amei a ti mais que tudo neste mundo.

HELMER Oh, não me venha com desculpas esfarrapadas.

NORA (*aproxima-se dele*) Torvald...!

HELMER Sua infeliz... O que é isto que fizestes?

NORA Deixa-me partir. Não tens que carregar esta culpa. Não a ponhas sobre teus ombros.

HELMER Basta desta tragicomédia. (*aferrolha a porta da antecâmara*) Você ficará aqui e me deve uma explicação. Não compreende o que fez? Responda-me! Tem alguma ideia do que fez?

NORA (*encarando-o, com o semblante cada vez mais frígido*). Sim, agora começo a compreender tudo.

HELMER (*perambulando em círculos pela sala*) Oh, que terrível maneira de abrir os olhos. Ao longo destes anos... Ela, que era minha alegria e orgulho... Uma hipócrita, uma fingida... Pior, pior... Uma criminosa! ... Oh, o vexame sem fim disto tudo! Vergonha, vergonha!

(*Nora cala e continua com o olhar fixo nele.*)

HELMER   (*detém-se diante dela*) Deveria ter adivinhado que algo assim estava para suceder. Deveria ter pressentido. A falta de escrúpulos do seu pai... Cale-se! A falta de escrúpulos de seu pai lhe serviu de herança. Nenhuma religião, nenhuma moral, nenhum senso de dever... Oh, estou sendo punido mesmo tendo feito vista grossa àquilo tudo. Fi-lo por você, e mesmo é desta forma que me retribui.

NORA   Sim, é desta forma.

HELMER   Pois arruinou toda a minha sorte. Pôs a perder meu futuro. É terrível, mal posso pensar. Estou à mercê de um homem inescrupuloso e vil, que pode fazer comigo o que bem entender, dar-me ordens, determinar o que irei ou não fazer... e não ousarei lhe desobedecer. E imaginar que tenho de descer ao rés-do-chão por causa da volúpia de uma mulher!

NORA   Quando eu partir deste mundo tu estarás livre.

HELMER   Oh, não me venha com firulas. Seu pai também era dado a falar desta mesma maneira. Que proveito teria eu com... como disse... com a sua partida deste mundo? Absolutamente nenhum. Ele pode alardear o assunto mesmo assim. E se o fizer, talvez suspeitem que eu compactuasse com a sua conduta criminosa. Talvez até creiam que eu estivesse por trás de tudo... que eu seria um seu comparsa! E tudo isto é culpa sua, alguém que venho carregando nos braços durante todos estes anos de matrimônio. Compreende agora o que fez comigo?

NORA   (*fria e impassível*) Sim.

HELMER   É tudo tão inacreditável que mal posso aceitar. Mas devemos chegar a um entendimento. Descubra-se deste xale. Tire-o, estou dizendo! Haverei de demovê-lo de outra maneira. Este assunto deve ser silenciado a qualquer custo... E quanto a nós, tudo deve parecer como dantes. Porém, apenas para os olhos alheios, naturalmente. Você prosseguirá aqui nesta casa, é óbvio. Mas não mais educará as crianças. Não ouso deixá-las aos seus cuidados... Oh, o simples fato de ter de dizer isto a quem tanto amei, e mesmo assim ainda...! Não, é preciso superar isto. Doravante, não é mais de questão felicidade. Trata-se apenas de remendar os restos, recolher as migalhas, salvar a própria pele...

(*Soa a sineta na antecâmara.*)

HELMER   (*assustando-se*) Quem poderá ser? A esta hora? Será que o pior ainda pode...? Será que ele...? Esconda-se, Nora! Diga que está enferma.

(*Nora permanece imóvel. Helmer vai e abre a porta da antecâmara.*)

CRIADA   (*em trajes íntimos, junto à porta da antecâmara*) Chegou uma correspondência para a senhora.

HELMER   Dê-me a aqui. (*apanha a carta e fecha a porta*) Sim, é dele. Não lhe darei, eu mesmo vou lê-la.

NORA   Pois que leia.

HELMER   (*junto à lâmpada*) Não tenho o menor gosto em fazê-lo. Talvez estejamos perdidos, você e eu. Não. Eu *preciso* saber. (*rasga o envelope; corre os olhos por algumas linhas; examina um papel anexo; exclama de felicidade*) Nora! (*Nora fita-o inquisitiva.*)

HELMER   Nora!... Não é possível. Preciso ler mais uma vez... Sim, sim. Então é verdade. Estou salvo! Nora, estou salvo!

NORA   E eu?

HELMER   Você também, naturalmente. Ambos estamos salvos, você e eu. Veja aqui. Ele enviou sua promissória de volta. Diz que lamenta e está arrependido... que sua vida teve uma afortunada mudança... ora, pouco se me dá o que ele diz. Estamos salvos, Nora! Não há mais ninguém que possa lhe causar mal. Oh, Nora, Nora... Não, primeiro devo destruir estas coisas desprezíveis. Deixe-me ver... (*olha de soslaio a promissória*) Não, nem quero olhar. Para mim, tudo isto não passa de um sonho feito realidade. (*rasga a promissória e a carta em pedaços, atira-os na lareira e observa-as arder em chamas*) Veja. Agora já não há mais nada... Ele escreveu que desde a véspera de Natal... Oh, pobre Nora, deve ter padecido três dias de martírio.

NORA   Nestes três dias, lutei um árduo combate.

HELMER   E angustiou-se, sem vislumbrar uma saída que não fosse... Não, não relembremos este suplício. Vamos apenas celebrar e repetir: acabou, acabou! Ouça-me então, Nora. Você parece não compreender: acabou. O que é agora? Este semblante tão apático? Oh, pobre Norazinha, eu a compreendo. Você parece não acreditar que eu a perdoei. Mas eu a perdoei, sim. Juro que a perdoei por tudo. Sei bem que tudo o que fez foi em virtude do amor que sente por mim.

NORA   É verdade.

HELMER Você amou a mim como uma esposa deve amar ao seu marido. Apenas não tinha o juízo bastante para refletir os meios que empregou. Mas não creia que lhe quero menos bem por não saber agir por conta própria. Não, não. Fique a meu lado que eu a guiarei e a aconselharei. Não seria um verdadeiro homem se não me sentisse duplamente atraído justo por esta sua incapacidade feminina. Não carece mais de pensar nas coisas ríspidas que lhe disse naquele primeiro momento de consternação, quando julgava que o mundo fosse desmoronar sobre mim. Eu a perdoei, Nora. Juro que a perdoei.

NORA Agradeço pelo seu perdão. (*Ela sai pela porta à direita.*)

HELMER Não, fique... (*espia lá dentro*) O que quer aí na alcova?

NORA (*lá dentro*) Arrancar esta fantasia.

HELMER (*junto ao vão da porta*) Sim, faça isso. Veja se consegue acalmar-se e organizar os pensamentos, minha pobre passarinha assustada. Descanse e sinta-se bem. Minhas asas são largas os bastante para abrigá-la sob elas. (*caminhando ao redor da porta*) Oh, quão confortável e belo é o nosso lar, Nora. Aqui é o seu abrigo. Aqui eu a protegerei como uma pomba acossada a quem salvei das garras do gavião, trazendo paz para o seu atribulado coraçãozinho. Não demorará em acontecer, Nora. Creia-me. Amanhã, tudo isto lhe parecerá bem diferente. Logo as coisas serão como dantes. Não precisarei mais repetir que já a perdoei. Você mesma perceberá que já o fiz. Como poderia supor que me passaria pela cabeça repudiá-la ou mesmo censurá-la por algo que tenha feito? Oh, você não conhece a fundo o coração de um homem, Nora. Para um homem, a sensação de ter perdoado sua esposa é algo indescritivelmente doce e reconfortante... Perdoá-la de verdade, do fundo do coração. É como reafirmar a posse que já tinha sobre ela. É como dar-lhe à luz novamente. De certo modo, ela torna-se tanto sua esposa como filha. Pois é isto que doravante será para mim, minha pequena indefesa e assustadiça. Não tema por nada, Nora. Apenas seja franca e sincera comigo que lhe servirei de desejo e consciência... O que é isto? Não vem para a cama? Trocou de roupas?

NORA (*em seu traje do dia a dia*) Sim, Torvald, agora vesti outra roupa.

HELMER Mas por que agora, tão tarde...?

NORA Esta noite não dormirei.

HELMER Mas, querida Nora...

NORA (*consultando o relógio*) Ainda não são altas as horas. Sente-se aqui, Torvald. Temos muito o que conversar.

(*Ela senta-se numa cabeceira da mesa.*)

HELMER Nora... Do que se trata isto aqui? Este semblante petrificado...

NORA Sente-se. Não serei breve. Há muito que lhe quero dizer.

HELMER (*senta-se à mesa na cabeceira oposta*) Está me deixando alarmado, Nora. Não a compreendo.

NORA Pois é justamente isto. Você não me compreende. E eu não o compreendia tampouco... até esta noite. Não, não queira me interromper. Apenas escute o que tenho a dizer... Este é um ajuste de contas, Torvald.

HELMER O que quer dizer com isto?

NORA (*após breve silêncio*) Não lhe é *estranho* estarmos nós dois aqui sentados assim?

HELMER Por que haveria de ser?

NORA Já somos casados há oito anos. Não lhe ocorre que esta é a primeira vez que nós dois, você e eu, temos uma conversa a sério?

HELMER A sério... O que significa?

NORA Em oito anos de matrimônio... bem, talvez até mais... desde que nos conhecemos, nunca trocamos uma palavra a sério.

HELMER Seria razoável de minha parte impor a ti preocupações que não serias capaz de me ajudar a suportar?

NORA Não digo de preocupações. Digo que jamais sentamos juntos a sério para esgotar um assunto.

HELMER Mas, querida Nora, que bem haveria nisto para ti?

NORA Eis aí a questão. Você jamais me compreendeu... Sempre fui extremamente mal interpretada, Torvald. Primeiro por papai e depois por você.

HELMER O quê! Por nós dois... pelas duas pessoas que mais a amaram nesta vida?

NORA (*abanando a cabeça*) Vocês jamais me amaram. Vocês apenas acharam prazeroso amar a mim.

HELMER Mas, Nora, que palavras são estas?

NORA São o que são, Torvald. Quando estava em casa de papai, ele se punha a desfiar suas opiniões para que eu tivesse as mesmas opiniões. Se tivesse outras, teria de escondê-las, ou iria contrariá-lo. Ele me chamava bonequinha, e brincava comigo como eu brincava de bonecas. Até que vim para a sua casa...

HELMER Como pode usar estes termos para referir-se a nosso matrimônio?

NORA (*impassível*) Quero dizer, quando passei das mãos de papai para as suas. Você a tudo providenciou como bem entendeu, e eu apenas aquiesci, ou fingi que aquiescia, não sei ao certo... Acho que tanto uma coisa como a outra, às vezes aquiescia, às vezes fingia. Quando agora olho em retrospecto vejo que levo uma vida miserável... da mão para a boca. Vivo de fazer artes para você, Torvald, que quer exatamente assim. Papai e você causaram um imenso mal a mim. Vocês são culpados por eu ser uma ninguém.

HELMER Nora, como és exagerada e injusta! Não fostes feliz aqui?

NORA Não, nunca fui. Achava que era. Mas nunca fui.

HELMER Não... não foi feliz!

NORA Não. Somente alegre. Tu sempre foste bom para mim. Mas nosso lar não passa de uma casa de brinquedos. Eu sou a tua bonequinha, assim como era a bonequinha em casa de papai. As crianças, por sua vez, são as minhas bonecas. Ficava alegre quando brincavas comigo, assim como ficava alegre quando eu brincava com eles. Este foi nosso matrimônio, Torvald.

HELMER Há algo de verdade no que dizes... por mais exagerada e parcial que seja sua opinião. Mas, doravante, tudo será diferente. Acabou o recreio e chegou a hora da lição.

NORA   Lição de quem? Minha ou das crianças?

HELMER   Tanto sua como das crianças, minha amada Nora.

NORA   Ah, Torvald, não és homem para me dar lição de como ser uma esposa decente para ti.

HELMER   Como pode dizer isto?

NORA   E eu, que lições servirei para dar as crianças?

HELMER   Nora!

NORA   Não foi o que disse instantes atrás... Esta tarefa não confiaria a mim.

HELMER   Num instante de fúria! Por que dar ouvidos a isto?

NORA   Porque sim. Disseste-o muito bem. Eu não estou apta a dar esta lição. Há uma outra lição que precisa ser feita antes. Devo fazê-la pelo meu próprio bem. E não és homem para ajudar-me. É algo que devo fazer sozinha. E por isso agora vou deixá-lo.

HELMER   (*levantando-se num sobressalto*) O que disse agora?

NORA   Preciso estar sozinha se quiser salvar a mim e a tudo à minha volta. Por isso não posso mais estar contigo.

HELMER   Nora, Nora!

NORA   Deixarei esta casa imediatamente... Kristine me receberá por esta noite...

HELMER   Está louca! Não tem o direito! Eu a proíbo!

NORA   De nada mais vale proibir-me coisa alguma. Levarei comigo aquilo que me pertence. De ti não quero nada, nem agora nem depois.

HELMER   Que insanidade é esta!

NORA	Partirei amanhã mesmo para casa... Quero dizer, para meu antigo lar. Será a maneira mais fácil de encontrar alguma ocupação para mim.
HELMER	Oh, criatura mais cega e tola!
NORA	Preciso ter *outras* experiências de vida, Torvald.
HELMER	Abandonando seu lar, seu marido e suas crianças! Sem levar em conta para o que as pessoas irão dizer.
NORA	Não tenho por que levar isto em conta. Só sei daquilo que me importa.
HELMER	É chocante. Está traindo seus deveres mais sagrados.
NORA	Quais seriam meus deveres mais sagrados?
HELMER	E ainda pergunta? Não são os deveres para com seu marido e seus filhos?
NORA	Tenho outros, igualmente sagrados.
HELMER	Não os tem. E que deveres seriam?
NORA	Deveres para comigo mesma.
HELMER	Você é, a cima de tudo, esposa e mãe.
NORA	Não penso mais assim. Penso que sou, acima de tudo, um ser humano, igual a você... ou pelo menos é o que tento ser. Sei que a maioria das pessoas lhe dará razão, Torvald, pois é assim que está nas escrituras. Apenas não posso me contentar com o que diz a maioria, ou com o que se lê nas escrituras. Eu mesma devo refletir sobre as coisas e tentar entendê-las.
HELMER	Não entende a posição que ocupa no seu próprio lar? Não possui um guia a quem possa confiar tais dúvidas? Não tem religião?

NORA Ah, Torvald, não sei ao certo o que é a religião.

HELMER O que está dizendo!

NORA Não sei nada além do que me disse o pastor Hansen ao me confirmar. Ele disse que a religião era isto e aquilo outro. Quando deixar tudo isto aqui para trás e estiver a sós comigo mesma hei de aprofundar também esta questão. Examinarei se aquilo que o pastor Hansen disse era verdade, em todo caso, se era verdade para *mim*.

HELMER Jamais uma jovem mulher proferiu coisa tão inaudita! Pois se a religião não lhe pode conduzir pelo bom caminho, deixe-me despertar a sua consciência. Pois sentimentos morais ainda os tem, decerto? Ou, responda-me... já não os tem nenhum?

NORA Sim, Torvald, esta não é uma questão fácil de responder. Eu simplesmente não sei. São coisas que me deixam perplexas, todas elas. Tudo que sei é que tenho sobre elas uma opinião muito diversa da sua. Agora aprendi também que as leis são bem diferentes do que penso. Mas será impossível acreditar que são leis justas. Ou não teria uma mulher o direito de poupar seu pai moribundo ou salvar a vida do seu marido? Recuso-me a crer que não.

HELMER Você fala como uma criança. Não compreende a sociedade em que vive.

NORA Não, não a compreendo. Mas agora hei de compreendê-la. Tentarei discernir quem tem razão, a sociedade ou eu.

HELMER Você está doente, Nora. Tem febre. Chego a crer que está fora de si.

NORA — Jamais senti-me tão bem e tão convicta como esta noite.

HELMER — Bem e convicta a ponto de abandonar seu marido e seus filhos?

NORA — Sim, estou.

HELMER — Neste caso apenas *uma* explicação é possível.

NORA — Qual?

HELMER — Não me amas mais.

NORA — Não, esta é a questão.

HELMER — Nora! ... Você admite!

NORA — Oh, isto tanto me dói, Torvald, pois sempre foi tão bom para mim. Mas não há nada que eu possa fazer a respeito. Não o amo mais.

HELMER — (*recobrando a compostura*) Está absolutamente convencida a respeito?

NORA — Sim, absolutamente convencida. Por isto não quero mais me demorar aqui.

HELMER — E pode me esclarecer do que fiz para desmerecer o seu amor?

NORA — Sim, posso muito bem. Foi esta noite, quando o prodígio nunca veio. Foi então que percebi que não era o homem que imaginava.

HELMER — Explique-se melhor. Não a compreendo.

NORA — Esperei tão paciente durante oito longos anos. Sei muito bem, Deus por testemunha, que prodígios não acontecem todo dia. Então abateu-se este infortúnio sobre mim, e tive a certeza: agora o prodígio virá. Quando a carta de Krogstad estava lá fora... Nem por um instante sequer admiti que fosse se dobrar aos caprichos daquele homem. Estava absolutamente convicta de que diria a ele: pois dê conhecimento do assunto ao mundo inteiro. E quando ele o fizesse...

HELMER E então? Quando eu expusesse minha própria esposa à vergonha e ao opróbrio...!

NORA Quando ele o fizesse, estava certa de que viria a público assumir a responsabilidade por tudo, dizendo "Eu sou o culpado".

HELMER Nora...!

NORA Acredita que nunca aceitaria tal sacrifício da sua parte? Não, é compreensível. Mas de que valem as minhas dívidas diante das suas? ... *Isto*, sim, era o prodígio que eu tanto esperava e temia. E foi para impedi-lo de acontecer que quis dar cabo da própria vida.

HELMER Eu trabalharia de bom grado, noite e dia, por ti, Nora... Suportaria amargor e privações por ti. Mas ninguém sacrificaria a própria *honra* por alguém que ama.

NORA Milhares de mulheres já o fizeram.

HELMER Oh, você pensa e fala como uma criança negligente.

NORA Que seja. Mas você não pensa nem fala como o marido a quem me comprometi. Assim que passou o seu medo — cujo motivo não era o risco que ameaçava a *mim*, mas as consequências que se abateriam sobre você —, foi como se nada houvesse sucedido. Tornei a ser a exatamente a sua cotovia, sua boneca, que doravante seria cuidada com zelo redobrado por ser tão frágil e suscetível. (*levantando-se*) Torvald...

Naquele instante, dei-me conta que há oito anos vivo com um estranho, com quem tive três filhos... Oh, não suporto nem pensar nisto! Preferia me partir em mil pedaços.

HELMER (*batido*) Eu compreendo. Eu compreendo. Há entre nós um abismo... Oh, mas querida Nora, ele não pode ser transposto?

NORA Desta maneira, como agora estou, não sou mais esposa para ti.

HELMER Tenho em mim forças para tornar-me um outro homem.

NORA Talvez... Se o apartarem da sua boneca.

HELMER Apartar? Separar-me de ti! Não, não, Nora, não suporto nem cogitar a ideia.

NORA (*saindo pela porta à direita*) Tanto mais estou certa que deve acontecer.

(*Ela retorna com seu casaco e uma pequena valise, que depõe sobre a cadeira junto à mesa.*)

HELMER Nora, Nora, agora não! Espere até amanhã.

NORA (*vestindo o casaco*) Não posso pernoitar no lar de um estranho.

HELMER Mas então que tal coabitar como irmão e irmã...?

NORA (*atando o chapéu sob o queixo*) Você sabe muito bem que não perduraria... (*cobrindo-se com o xale*) Adeus, Torvald. Não quero ver os pequenos. Sei que nas suas mãos estarão melhor que nas minhas. Da forma como estou não serei de serventia alguma para eles.

HELMER Mas um dia, Nora... Um dia...?

NORA Como haverei de saber? Não faço ideia do que será de mim.

HELMER Mas seguirá sendo minha esposa, tanto agora como no futuro.

NORA Escute, Torvald... Quando uma esposa abandona o lar do seu marido, assim como faço eu agora, as leis o desobrigam de quaisquer obrigações para com ela, pelo que me consta. Eu o desobrigo de quaisquer obrigações para comigo, em todo caso. Não se sinta preso a mim de modo algum, e vice-versa. Ambos teremos a mais completa liberdade. Tome, aqui está sua aliança de volta. Dê-me a minha.

HELMER Até a aliança.

NORA Até ela.

HELMER Eis aqui.

NORA Pronto. Agora, portanto, acabou. Deixarei as chaves aqui. As criadas sabem de tudo da casa... Melhor que eu até. Amanhã, quando tiver partido, Kristine virá aqui empacotar as coisas que são de minha propriedade. Ela tratará de enviá-las a mim.

HELMER Acabado, acabado! Nora, jamais tornará a pensar em mim?

NORA Decerto pensarei com frequência em ti, nas crianças e nesta casa.

HELMER Posso lhe escrever, Nora?

NORA Não... nunca. Não lhe dou esse consentimento.

HELMER Oh, mas que me permita ao menos...

NORA Nada. Nada.

HELMER ... ajudá-la, em caso de necessidade.

NORA Não, já disse. Nada aceitarei de estranhos.

HELMER Nora, não passarei de um estranho para ti?

NORA (*apanhando a valise*) Ah, Torvald, seria necessário um prodígio acontecer.

HELMER Diga-me qual seria este prodígio!

NORA Você e eu estaríamos transformados a tal ponto que... Oh, Torvald, não creio mais em tais prodígios.

HELMER Mas eu os quero crer. Diga-me! Transformados a tal ponto que...?

NORA Que o nosso convívio pudesse transformar-se num matrimônio verdadeiro. Adeus.

(*Ela vai-se pela antecâmara.*)

HELMER (*afunda-se numa cadeira junto à porta e encobre o rosto com a palma das mãos*) Nora! Nora! (*olha em volta e levanta-se*) Vazio. Ela não está mais aqui. (*uma esperança alumia-lhe o rosto*) O prodígio dos prodígios...?!

(*Lá debaixo ouve-se o bater de uma porta, que é aferrolhada.*)

BREVE POSFÁCIO
DO TRADUTOR

Este livro vem à luz em conjunto com o projeto "Um inimigo na casa de bonecas", da diretora Camila Bauer, um dos agraciados com o prestigioso Prêmio Internacional Ibsen 2018. A ela e ao editor Nathan Matos, da Moinhos, que prontamente encamparam a ideia, meus sinceros agradecimentos pela confiança e pelo entusiasmo demonstrados ao longo desta empreitada.

A tradução, a partir do original norueguês Et dukkehjem, de 1879, inclui abaixo, por sugestão da diretora, o menos conhecido final alternativo — poucas linhas que sugerem uma Nora resignada a dar uma nova chance ao marido Torvald e não mais abandonar o lar. Esta versão, comumente menos encenada, foi escrita por Ibsen a pedido do seu tradutor e agente alemão, Wilhelm Lange, receoso de uma reação negativa do público, que de fato houve, quando da estreia do espetáculo em Berlim. O autor aquiesceu, embora considerasse a alteração ao texto "bárbara e violenta", tendo revelado, em carta a um jornal dinamarquês datada de 17 de fevereiro de 1880, que era preferível fazê-lo de próprio punho a correr o risco de testemunhar, como tantas vezes antes, sua obra sendo vilipendiada por terceiros — tradutores, diretores teatrais e até mesmo atores. Ibsen concebeu então este segundo desfecho "para ser utilizado em caso de necessidade", esperando que não fosse adotado "em muitos teatros alemães":

NORA   Que o nosso convívio pudesse transformar-se num matrimônio verdadeiro. Adeus.

(Ela vai-se pela antecâmara)

HELMER   Vá, então. (*segurando-a pelo braço*) Mas primeiro venha ver seus filhos pela última vez!

NORA   Deixe-me ir! Não irei vê-los. Não posso!

HELMER   (*empurrando-a para o aposento à esquerda*) Veja como dormem inocentes e tranquilos. Amanhã, quando acordarem e chamarem pela mãe, estarão órfãos.

NORA   (*trêmula*) Órfãos…!

HELMER   Tal qual você um dia foi.

NORA   Órfãos. (*Relutante, deixa cair a valise e diz*) Oh, é um grande pecado que cometo contra mim, mas não posso abandoná-los. (*Põe-se cabisbaixa rente à porta*)

HELMER   (*triunfante, mas contido*) Nora!

(Cai o pano)

Leonardo Pinto Silva
São Paulo, dezembro de 2017.

Este livro foi composto em Fairfield LT Std no papel Pólen Natural para a Editora Moinhos enquanto *Samba Triste*, de Baden Powell, tocava em repetição.

✳

Durante a composição desta nova edição, o Rio Grande do Sul desmoronava por conta das fortes chuvas e do descalabro político estadual. Infelizmente, centenas de pessoas se foram e milhares perderam tudo.